Illust. 坂本あきら

肉と酒を好む英雄は、娶らされた姫に触れられない。

鯵御膳

Illust. 坂本あきら

contents

1 英雄は色を好まず、肉と酒を望む 008
2 家族への、はじめの一歩 058
3 英雄と姫の新天地 108
4 『英雄』の価値 150

5 夫婦への、はじめの一歩、二歩、三歩、たくさん —— 228

6 英雄は、肉と酒よりも —— 279

番外編 字は口ほどに物を言う？ —— 292

あとがき —— 300

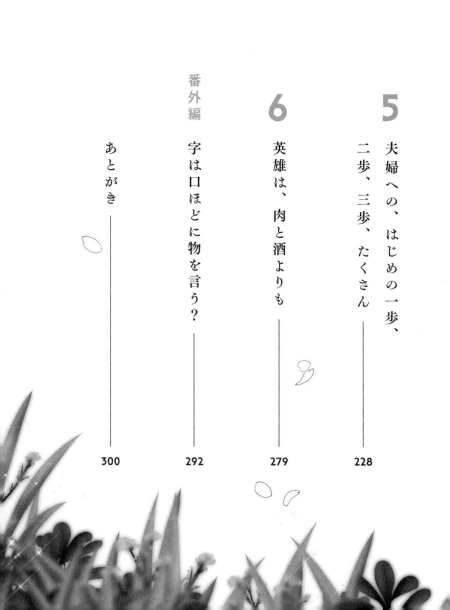

1 英雄は色を好まず、肉と酒を望む

「ガストンよ、此度《こたび》の戦働き、実に見事であった。褒美を取らす故《ゆえ》、望みのものを言うがよい」

「はいっ、肉と酒がいいです！」

ここはシュタインフェルト王国の、謁見の間。

国王の問いかけに、黒髪黒目の大柄な青年が溌剌《はつらつ》とした声で答える。

年の頃は二十歳前後、身の丈は2m近くで筋骨隆々としており、そこに立っているだけで威圧感に尻込みしそうになってしまうほど。

だがその表情は少年のように若々しく、無骨な顔つきだというのにニコニコと笑うからかどこか愛嬌を感じなくもない。

その身体《からだ》つきも表情も、貴族の居並ぶこの場においては、色々な意味で異質だった。

「相変わらずそなたは欲がないのぉ。辺境伯殿も気を揉んでおったぞ」

「親父《おやじ》が……っと、すみません、父が、ですか？　そういえば前もそんなこと言われたような……でも、俺よくわからないもので」

マナー講師が目を剝くような言葉遣いをしながら、さらにはとどめとばかりに頭をガシガシと掻いてみせている彼、ガストン・トルナーダはトルナーダ辺境伯家の三男。

勇猛で知られる辺境伯家の中でもさらに頭抜《ずぬ》けた武勇を誇り、『歩く戦術兵器』『ワンマン・レギオン』などの二つ名を恣《ほ》しいままにする男である。

流石《さすが》に、本当に一人でレギオン、つまり軍団を相手取れるわけではないが、それでも彼一人で戦場の流れを変えたことは一度や二度ではない。

先陣を切って突っ込み、先端に斧が付いた槍、ハルバードを振り回して敵を薙《な》ぎ払う様は人間のそれではなく、相手側からは赤い竜巻などと呼ばれて恐れられているという。

そんな彼であるから、これだけマナーのなっていない態度であっても咎められる者がいない。怖いので。

まして、国王がそんな彼の気風を気に入っているのだから尚更どうしようもない。結果、それが気に入らない一部の貴族達はガストンを疎《うと》ましげに見るしかないでいる。

おまけに今日は、さらに不愉快な知らせがあるのだからたまらない。

「であるからして、今回はワシの方で褒美を用意した。そなたのこれまでの戦功を評価し、准男爵から子爵へ陞爵《しょうしゃく》とする」

「ははっ、ありがたき幸せ！　謹んで拝命いたします！」

国王がそう告げれば、ガストンは素早く膝を突き恭しく頭を下げた。先程までの粗野な振る舞いはどこへやら、実に流麗な動きからのぴしっと文句のつけようがない礼を見せつけられて、好意的でない貴族達も言葉がない。

極めて高い身体能力と動作学習能力を持つガストンは、こういった身体を動かす礼法だけは得意なのである。

その様子を見て満足そうに頷いた国王は、侍従へと目配せし、それを受けた侍従が一度奥へと下がった。

「それでじゃな、子爵ともなれば、いい加減所帯を持ってもらわんとならん」

「えっ、お、俺は所帯とか、要らないです」

「そういうわけにもいかんのじゃよ、法的にも慣例的にも」

急に慌ててふためくガストンへと、国王は首を横に振って見せた。

子爵ともなれば家を繋げていく義務や夜会などでの社交が生じてくるのだが、その際には伴侶が必要となってくる。しかし、ガストンはいまだ婚約者もおらず、戦場での斬った張ったに明け暮れているのだから出会いもない。

まるでそちら方面に興味がないかの様子に、父である辺境伯もガストンを気に入っている国王も痺れを切らしたのだ。

「今回の陞爵によって、そなたには辺境伯領の近くにある領地が与えられる。街道沿いにあって、辺境伯領への物資輸送にも関係する要所ぞ。ここをよく治めることは、そなたの父や兄の大いなる助けになるであろう」

「うっ……ぉゃっ、父や、兄、の助けには、なりたいです……」

親父、兄貴と言いかけて言葉に詰まりながら、ガストンは勢いのなくなった口調で答える。

奔放で豪快な彼だが、父や兄のことは尊敬しており、いつか恩返しをしようと考えてはいた。

そして、今回の陞爵がその好機となれば、断るという選択肢はなくなる。ガストンの性格をよく知る父、辺境伯からの入れ知恵である。

しかし、ここに一つ問題があった。

「だけども、無理でしょう。お嬢さん方は皆、俺のこと怖がってますし」

しょぼんとした顔で、ガストンが言う。これが、辺境伯家の三男で国王陛下の覚えもめでたき男に婚約者がいない理由だ。

何しろこれだけの巨軀だ、普通の令嬢であれば見上げるような高さ。首が痛くなる以前に、そんな巨大な筋肉の塊を目の前にして平静でいられる箱入り娘などそうはいない。

結果、今まで見合いは全敗、政略優先で結婚させられるくらいなら修道院に行くとまで言われたことも幾度もある。そんな苦い経験をしてきたガストンが、結婚に尻込みするのも仕方のないところだろう。そして、もちろん国王もそのあたりの事情は把握していた。

「案ずるな、此度そなたに娶《めと》らせるおなごは、決してそなたを拒絶せぬからのぉ」

その国王の言葉が合図だったのか、侍従が一人の女性を連れてきた。

年の頃は二十前くらい、ガストンと年齢の釣り合いは取れているように見える。だが、それ以外があまりにアンバランス。

風に溶けてしまいそうな程に繊細な色合いの銀の髪、折れてしまいそうな細い肢体。透き通るような白い肌、品のある顔立ち。……ただ、その顔色は蒼白に近いが。

蛮勇の権化《ごんげ》たるガストンの対極とすら言えるその姿は、存在しているのか怪しくなるほど幽玄で。

その姿を見て、ガストンは目を見開いて言葉をなくした。

「この者は隣国レーベンバルトの王女、イレーネ・ファダム・レーベンバルト。今回の停戦において、両国友好の証としてこちらに来たのじゃ」

「えっ、レーベンバルトっていうと……」

目を見開いたまま、ガストンはそこから口籠もる。

レーベンバルト王国とは、彼が戦功を挙げたこの戦争の相手国であり、敗戦国だ。そこからやってきた王女となると、その立場はガストンでも察することができる。

事実上の、人質だ。

さらにその彼女を、勝利の立役者であり子爵という、極めて例外的な前例はあれども普通ならば王族と結婚するなど到底あり得ない立場のガストンに娶らせる。つまりこれは、見せしめも兼ねているのだ、相手に敗戦国であると思い知らせるための。

その上ガストンという希代の英雄、絶対に血を次代に繋ぎたい男の婚姻問題まで解決するという

のだ、一石二鳥にも三鳥にもなりうる手だろう。

普段は気の良い国王だが、こういった手も打てる強《したた》かさ、冷徹さも持っている。そのことを察したガストンは、目を瞠《みは》ったまま、口を開く。

「……お、俺は、肉と酒が、いいです……」

頭の処理能力がキャパオーバー寸前になった彼は、ようやっとそれだけを口にした、が。

「もちろん肉と酒もたんとやるぞ？　だが、イレーネ王女も娶ってもらう。これは、王命でもあるからの」

にぃ、と笑った国王は、政治家の顔をしていた。


「うう……どうしてこうなったんだ……」

謁見の間から退出したガストンは、あてがわれた客室の中で頭を抱えていた。大柄な身体を丸めてしゃがみ込んでいる姿は、戦場で恐れられた英雄の姿とはとても思えない。

「どうしてもこうしても、大将がいつまで経っても身を固めないからでしょーが」

呆れたような声で、側に控えていた優男《やさおとこ》が言えば、その言葉にぴくっと反応したガストンは、ゆっくりと振り返り、恨みがましそうな顔を向ける。

「固めるも固めないもないだろ、ファビアン。お前が大体いっつもかっさらってくせに」

「いや〜、俺としてもかっさらうつもりはないんですよ？　でも、なんでか、ねぇ。いや〜もてる男はつらいっすわ〜」

威圧感のある巨漢を前に、しかしまるで動じた様子もない彼はファビアン・シャッテンボッフ。男爵家の次男でガストンの幼なじみであり、今は彼の従者を務めている。

明るめの茶髪、同系色の瞳。細面のスマートなイケメンで、ガストンの隣に立てばその優男っぷりが一層引き立てられる。

まして、ガストンの巨軀に怯《おび》えた令嬢が目にすれば。

「皆してお前に助けを求めて、お前がそのままどっかに連れてって。いやいいんだけどさ、それでお嬢さん達の気が落ち着くなら」

「いや、いいんですかい、大将。そこでもうちょい欲出さないからダメなんじゃないです？」

「だめだろ、俺がそこで欲出したら。お嬢さんなんてぶっ倒れちまう」

はぁ、とガストンは大きな溜息をつく。

ちなみにファビアンがガストンのことを大将と呼んでいるが、つい先程まで准男爵だったガストンが階級としての大将の地位にいるわけがない。あくまでも景気の良い呼び名というだけのものである。一応、ファビアンなりの敬意もほんのり入れてはいるのだが。

「んでも、今回ばっかりは俺もかっさらえないですし。っつーか、かっさらったら俺の首が物理的に飛ぶし。よかったじゃないですか、これでやっと所帯持ちですよ？」

「よくないって。お前は見てないだろうけど、めちゃくちゃ細いんだぞ。俺が触ったら、腕も腰も折れちまうって」

「へ〜、そんなに。……いや、大将だったら大体折っちまえる気はしますけど」

「だからだよ。だから、嫌なんだけどなぁ」

ガストンは、また溜息をつく。

戦場にあっては無双の力を発揮するガストンだが、だからこそ女性の扱いには苦慮している。何しろハルバードを振り回せば大の男すら吹き飛ばすのだ、まして女性など。それをよく知っているから、ガストンはできるだけ女性に近づきたくはない。

「だから、肉と酒がよかったんだけどなぁ……」

ぼやくけれども。

貴族の義務としていずれは婚姻しなければいけないこともわかっていた。ただそれが、こんなに一気に決められるとは、まったく思ってもみなかっただけで。しかも、王命によるものとなればどうしようもない。

そんなガストンの慰めになるようなことを言える者は、いなかった。

休憩のはずの時間で苦悶したガストンを待っていたのは、やはり変わらない現実だった。

しばらくしたところで使いの者に呼ばれ、移動したのは非公式な会見に使われる小さな部屋。ファビアンを伴って入れば、そこには国王とガストンの父である辺境伯に数名の護衛、そして向かいの長椅子には娶らされることになった姫、イレーネと背後に立つ形でその侍女らしき女性が待っていた。

「うわ、まっじでほっそ」

などとイレーネを見たファビアンは思わず小さくつぶやいてしまったのだが、幸いにもガストンにしか聞こえなかったらしい。

そう、本当に細いのだ。広い謁見の間で見た時にはまだ距離があったので実感は薄かったのだが、こうして間近で見ればその細さがよくわかる。

ガストンの太腿くらいしかない腰、身長は一五〇㎝くらいでガストンの胸どころかみぞおちのあたりに頭が来そうな小柄さ。うっかりぶつかってしまえば、それだけでぽっきり折れてしまうか、それとも紙のように吹き飛ぶか。そう思ってしまえば、どうにも近づくことが躊躇《ためら》われる。

「これガストン、何を部屋の入り口で突っ立っとるんじゃ。ほれ、さっさと入ってこんかい」

「は、はぁ、では失礼します」

この場で一番偉い人間である国王が促せば、流石に拒否するわけにもいかずガストンは部屋の中へ。

イレーネの座る長椅子に座るよう指示されたため、万が一にも接触しないようできるだけ距離を取ろうと端に寄って身体を縮こまらせる。

そんなガストンの様子をちらりと横目で見たイレーネの瞳には、何の色も浮かんでいない。それがさらにガストンの居心地を悪くする。

「さて、関係者が全員集まったところで、今後の段取りについて話すとしよう」

と、さも好々爺然《こうこうや》とした顔で国王が笑う。……が、今この場にいる者で、その笑顔に騙される者はいない。ガストンですら。

困惑、無感情など様々な視線を一身に受けながらその顔が崩れないのだから、相当な面《つら》の皮なのだろう。

「今回の婚姻、今すぐ結ぶことも可能じゃや。何しろレーベンバルト王から婚約承諾書にも婚姻契約書にもサインを既にもらっておるからのぉ」

「うええ!?」

思わず悲鳴のような声を上げてしまったガストンは、慌てて口を押さえた。いくら彼でも、非公式の場とはいえそんな声を上げるのが良くないことはわかる。

そのまま周囲を窺《うかが》えば、父であるトルナーダ辺境伯はジト目でこちらを見ているし、隣に座るイレーネからは感情のこもらない冷えた視線が向けられているのがわかり、思わず首を竦ませた。まだ、シュタインフェルト王が相変わらずの様子で笑っているのが救いと言えば救いだ。

今この場にいる最高権力者が何も言わないのだ、ガストンの頭に拳骨《げんこつ》を落としたくてたまらないという顔をしている父トルナーダ辺境伯も何も言わないし、何もできない。もっとも、後で何を言われるかわかったものではないから、救いはないのだが。

「話を続けるぞ？　しかしいくらなんでも今日明日に婚姻させてしまえば、形式的なものであることが丸わかりじゃ。形としては両国の友好のために戦時の英雄と相手国の王女が婚姻を結ぶ、というものにしたい。そこは飲み込んでもらえるな？」

「はい、そこは問題ございません」

国王から話を振られれば、王女イレーネは一瞬の迷いもなく頷いて見せた。その表情には何の動揺もなく、むしろ隣で見ているガストンの方が驚愕で目を瞠っているくらいである。

なんでそんなあっさり？　それでいいのか？

そういったことを聞きたくてたまらないという顔をしてはいるが、何とか堪えて口にしないだけの分別は、ガストンにもあるようだ。

「ガストンはどうじゃ？　まあ、王命じゃからそなたには飲み込んでもらうが」

「おっ、うっ……わ、わかり、ました」

思わず正直なことを言いかけたところに機先を制されて、ガストンは思わず言葉に詰まってしまう。

王命だ、とは先程も言われたことで、それを思い出して不承不承頷く。普通であれば不敬だなどと言われるところだが、非公式な場だからか、彼だからか、咎めの言葉はない。そういったところは諦められているのかもしれないが。

「うむ、では二人とも了承したということで。婚約期間は半年間、その間に二人は十分な交流を経て恙《つつが》なく結婚。外向きには、そういった話にしとかんとあちこちで角《かど》が立ちかねんからのぉ」

あまりのぶっちゃけぶりにか、イレーネの眉が一瞬だけぴくりと動く。……国王は気づいたのか気づいていないのか、無反応だが。

「あの、陛下、質問いいですか」

「うむ、どうしたガストン」

小さく手を挙げて、許可を取るガストン。ここで不躾《ぶしつけ》に聞いてしまわない程度の礼儀を弁《わきま》えているのは、軍隊仕込み故だろうか。

国王が鷹揚に頷いて見せれば、ガストンはまだ遠慮がちではあるが背筋を伸ばす。

「角が立つ、とは具体的にどんなことが？」

「そうじゃな、たとえばレーベンバルト王国の民からすれば、即日結婚などイレーネ王女の意思をまるっきり無視して強行したように見えるじゃろ。しかし婚約期間を半年置くことで、解消を検討する時間はあった、しかし解消されずに婚姻が結ばれたと見えるわけじゃ。実情はどうあれの」

「お、おう……流石陛下、そんなことまでお考えとは！」

「はっはっは、そう褒めるでない」

感動した面持ちでガストンが言えば、国王が得意げに笑う。

もっとも、心の底から得意になっているわけではないが。このくらいのことはトルナーダ辺境伯、そしてイレーネも理解していたことだろう。

ちらりと国王が視線を向けたイレーネの表情には、何も浮かんでいないように見えるけれども。

しかし恐らくそうなのだろうと思いながら国王はさらに言葉を続ける。

「逆にじゃな、あちらを刺激するとすぐにまた戦が再開するやもしれん。それはまずかろう？」

「そっ、それはだめです！　皆傷ついて疲れてます、休ませないと！」

国王が問いかければ、ガストンは顔色を変えて首を横に振る。

ガストン自身は無双の武力と無尽蔵の体力で怪我なし疲労なしの状態だが、他の兵士、騎士達はとてもそうはいかない。

彼らを今すぐ戦わせるなどとんでもないことだ、と訴えるガストンに、国王は頷いて見せる。

「うむ、そうじゃな。ちなみに、そなたの見立てではどれくらいかかる？」

「えっ、それは……早くて半年くらいでしょうか。……あっ！」

「そういうことじゃよ。ということで、半年間刺激せんためにも、この婚約承諾書にサインをしておくれ」

「はいっ、わかりました！」

促され、ガストンは晴れやかな顔で婚約承諾書にサインをした。

「ああ……あんな化け物と姫様が婚約だなんて！」

「やめなさいマリー。どこで誰が聞いているかわからないわ」

王城内に用意された客室で、イレーネの侍女であるマリーが不満を口にする。彼女はイレーネがレーベンバルト王国から連れてきた唯一の侍女であり、それ故イレーネへの忠誠心はすこぶる高い。だから彼女が感情を昂《たか》ぶらせるのもわからなくもなく、しかし場所が悪いと窘《たしな》めたのだが。

「あ、それは大丈夫です。今、影の類《たぐ》いはこの部屋を見張ってないみたいなので」

「そうなの？　……それはまた、随分手緩《てぬる》いというか……」

急に感情を切り替えたマリーに少しばかり驚きながら、イレーネはそれなら大丈夫かと安堵し、すぐに怪訝《けげん》な顔で小さく首を傾げる。

マリーは忠誠心が厚いだけでなく気配察知に優れ、隠密の類いがいればすぐに気づく。だからこそ連れてきたところもあるのだが、その彼女がそう言うのであれば、そうなのだろう。

しかし、ならば何故見張られていないのか。今このタイミングであれば、緊張から解き放たれてうっかり何かを零《こぼ》してしまう可能性も高いだろうに。

「……まさか、わざと？　わたくし達のガス抜きのため？」

「え、まさかそんな。そんなことする意味、あちらにはないじゃないですか」

「それはそう、なのだけど……シュタインフェルト陛下ならやりかねないわ。あの方ならば、そうやってこちらを締め付けすぎない懐の広さを見せるくらいの余裕はおありでしょう。むやみに追い詰めて、わたくしが良からぬことを考えたり、なんてことを防ぐのも兼ねて。……わかってはいたけれど、父上や王太子殿下とは役者が一枚も二枚も違うわ……」

はぁ、と小さく溜息をつく。

停戦条約が締結されてシュタインフェルト王国に来てからというもの、レーベンバルト王国との国力の差を随所で見せられてきた。

そして、それを生み出しているのがまさに国王の差だとも見せつけられた。さらに臣下達も優秀とくれば、勝ち目は最初からなかったのだろう。

「シュタインフェルト陛下がおっしゃっていた半年の意味だって、半分しか告げてないわ。レーベンバルト側の人間が短慮で小規模な行動を起こすのを半年間抑えるだけじゃない。国を挙げての大がかりな軍事行動は半年間起こせないことを見越してのものでもあるはずよ」

今は春半ば。まだまだ十分な蓄えがあるように見えるシュタインフェルトと違って、レーベンバルトが十分な兵糧《ひょうろう》を持つには半年後の秋まで待たねばならない。

交易で手に入れるという手もあるが、戦争直後の今では十分な物流も見込めない。これも回復までに最低でも半年、というところだろう。そしてその頃には婚姻が結ばれ、イレーネが人質として機能し始めているわけだ。

「一度で二つ……いえ、あのガストン・トルナーダ卿の敬意も獲得したのだから、三つもの効果がある手になった。きっと、毎度のようにこんなことをしているのでしょうね……」

ぼやくように言うと、イレーネはまた溜息をつく。

輿入《こしい》れが決まった際、あるいはシュタインフェルトの英雄を取り込んで、ということも考えたが、恐らく徒労に終わるだろう。残念ながら、老獪《ろうかい》さではとてもシュタインフェルト王には敵わない。であれば大人しく、友好の証という道化を演じる方がベターなのだろう。

「だからって、他にも婚姻相手がいたでしょうに！　よりによってあのガストン・トルナーダですよ！　血しぶき撒き散らしながら駆け抜ける赤いサイクロンですよ！」

マリーはまた気炎を上げはじめた。

シュタインフェルトの英雄は、当然レーベンバルトの仇敵である。マリーは文字通りガストンを仇《かたき》のように見ているわけだが。

「あまりそう言うものではないわ。そもそもこの戦、レーベンバルトが仕掛けたのだし。トルナーダ卿は、言われた通りに戦っただけよ。あの方は、自分で戦を作り出せるタイプの将ではないわ」

返すイレーネの言葉は、随分と冷静だった。

彼女は、王族だ。もちろん国と民を愛する心はあるが、同時に、民を数字として扱わねばならないことも往々にしてあるのが王族というもの。そして、彼女はそれがある程度できて、だからガストンがレーベンバルトにもたらした被害についても、ある程度引いたところから見ることができていた。

「そ、それは、そうですけど……」

一番怒っていい、あるいは悲しんだり怯えたりしていいはずのイレーネが、落ち着き払っている。割り切った、静かな覚悟をその瞳に湛えて。

主人がそんな覚悟を見せているのだ、侍女であるマリーがこれ以上騒ぎ立てることもできない。

「……なんだか姫様、随分と落ち着いてますね？　ま、まさかああいうのがタイプだったんですか!?」

「いえ、違うけど。むしろ真逆ね」

もしもガストンが聞いていたならば、がくっと床に膝を突いたことだろう。

マリーの悲鳴のような問いに、イレーネはさくっと答えた。まあ実際のところ、イレーネが通常時に結婚するタイプとは真逆の存在である。

「だったら、なんでそんなに落ち着いてるんですか？」

「そうね……」

マリーの問いに、イレーネは少し考えて。

「字が、真面目だったから。まあ、そこまで悪くはならないんじゃないかって」

「へ？　じ、字ですか??」

呆気に取られるマリーをよそに、イレーネは思い出していた。

ガストンの書いた文字は無骨で硬く、しかし真面目に、丁寧に書かれていたな、と。


こうして、様々な思惑を交えながらガストンとイレーネの婚約は無事結ばれた。

後は二人が交流して少しずつでも歩み寄れれば、と普通であればなるところだが、今回のようなイレギュラーが重なりまくった婚姻の場合、なかなかそうもいかない。

まずそもそも、ガストンの知識が足りない。

戦争の功績で子爵位を授けられたガストンだが、元々は辺境伯家の三男。長兄になにかあった時のスペアとして次男は領主教育を受けているが、ガストンは受けていない。

これで一つ一つ爵位を上げていったのならばまだ学ぶ機会もあったろうが、領地のない准男爵から戦争中という短い期間で子爵となったのだから、教育を受ける時間も機会もなかった。

では代官でも置いて統治させればとなりそうなものだが、辺境伯領へと続く街道沿いという重要な立地であるため人任せにはしづらいところ。

結果、ガストンは苦手な勉強に時間を費やす羽目になった。

「大将、やっぱ代官を頼んだ方がいいんじゃないっすか？　ほら、陛下だってめっちゃ信用のおける代官紹介してくれますって」

「だ、だめだ！　俺がやらないと、親父や兄貴の役に立たないと！」

と、ファビアンが窘めてもやる気になってしまったガストンは、自分でやると言うことを聞かない。もちろんそれは、長い目で見れば歓迎すべきことではあるのだが……この短い期間で果たして終わるかどうか。かといって、従者であるファビアンには止める権利もない。

「あ～もう、わかりました！　ああほら、ここ字間違ってる！　あ、こっちの言葉、意味書いときましたから！」

「お、おう、すまん、ファビアン」

となれば、少しでも早く教育が終わるように、と手伝うことしかできない。今までで一番国王のことを心の中で恨みながら、ファビアンはガストンの勉強を手伝うのだった。


そして、当然イレーネもまた、学習に時間を取られていた。

何しろ隣国から嫁いでくることになったのだ、シュタインフェルト王国の知識を入れねばならない。

下級貴族である子爵の夫人となるわけだから、それより上位にある伯爵以上の貴族家全てを覚える必要がある。さらに同じ子爵家も可能な限り、男爵家も周辺に領地を持つ家は押さえておく方がいいだろう。それら貴族の当主、夫人、嫡子、できれば次男、さらには家紋まで覚えるとなれば、優れた記憶力を持つイレーネと言えども時間はかかる。

そこに手を取られている上に、随分と頻繁にお茶会への招待が舞い込んで来ていた。実際に使う必要があるとなれば覚える効率も上がるだろうと理由を付けた上でガストンに参加してもいいかと尋ねれば、「い、いいんじゃないか、好きにすれば」と、放任とも言える返事。これでもう少し大人しい性格の令嬢であれば躊躇《ちゅうちょ》もしただろうが、イレーネは額面通りに捉え、あちこちの茶会に参加したのだ。

予想通りというか何と言うか、多くの場合、隣国の王女でありながら子爵なぞに嫁入りする羽目になったイレーネに対して品定めをするための場……であればまだましで、ほとんどの令嬢、夫人がマウントを取りに来た。

だが、それで大人しくしているイレーネではなく。

「確かに子爵夫人になる予定ですが、今はまだ、わたくしはレーベンバルトの王女です。そのわたくしに対してそのおっしゃりよう、つまりシュタインフェルト王の望まれた両国の友好を水泡に帰《き》したいと、そうお考えで？」

と真正面から正論で殴り返し、時に令嬢を泣かせ、あるいは夫人を絶句させと静かに大暴れ。

その舌鋒《ぜっぽう》はガストンの剣よりも鋭いのではないかとシュタインフェルト王に大受けだったのもよ

ろしくなく、興味を引かれた上位貴族からの招待が増え、打ちのめされた友人の仇《かたき》を取らんと下位貴族からも招待され。

結果、イレーネはガストンとの時間をろくに取ることもできず、結婚式の日を迎えることになってしまった。

一つだけ幸いなことは、ガストンの勉強時間が減らなかったことくらいだろうか。

ともかく、その日は来た。来てしまった。

シュタインフェルトの王都にある大教会。

創造神アーダインを祀《まつ》る、シュタインフェルト最大の教会でガストンとイレーネの結婚式は行われた。

国の英雄と隣国の王女の結婚式とあって来賓も多く、一目でも見ようと国民も多くが教会近くに押しかけてのそれは、さながら祭りのよう。その浮かれようとは完全に無縁の人間が、この場には二人いた。

ガストンと、イレーネ。

二人して思うことは、『ついにこの日が来た』、だ。

ガストンは困惑と緊張に苛まれ。

イレーネは王族としての義務を果たすべく張り詰め。

そんな状態の二人が控え室で久しぶりに顔を合わせれば、場には沈黙が落ちた。

ガストンは、豪華な花嫁衣装に身を包んだイレーネの儚《はかな》げな美しさに混乱を極め。

「だ、だめだ、これは……」

と、思わずつぶやいてしまう。これは『自分のような人間がこんな儚げな人と結婚したらだめだ』という意味だったのだが、当然言葉が足りないので真意は伝わらない。

「ちょ、ちょっと大将！」

この場で唯一ガストンの心境がわかったファビアンが慌てて袖を引くも、一度出てしまった言葉は取り消せない。

ただでさえ張り詰めていたイレーネの空気は、一層硬く冷たいものとなってしまった。側で控える侍女のマリーなど、眉が吊り上がるのを抑えられていない。

「そうですか、それは申し訳ございません」

「え、いや、ちがっ、違うっ」

イレーネの声音に、何か誤解が生じたことをガストンは直感的に気づいたのだが、所詮直感なので言葉にはならない。慌てふためきながら、言葉を探しているうちに、時間が来てしまったようだ。

「新郎新婦のお二人はこちらへ」

教会の神官から声をかけられれば、ガストンの言い訳を待たずにイレーネが立ち上がり、マリーが補助につく。二人とも、最早ガストンを一顧だにしない。

「や、やっちまった……」

うなだれるガストンに、ファビアンすらかける言葉が見つからない。

だが時間は非情であり、まさか国王を始めとする賓客を待たせるわけにはいかない。ガストンは頭の中が真っ白になりそうなのをなんとか踏みとどまりながら会場へ向かった。

会場へと入れば、一斉に向けられる視線、沸き上がる歓声。

普通ならば足下が浮つきそうになるのだろうが、逆にガストンの心を少しばかり落ち着かせた。

それは、さながら戦場のようだったから。

そう、彼にとってこれは、ある種の戦場だ。ならば、腹を括《くく》るしかないのではないか。腑に落ちた感覚がして、自然と背筋が伸びる。

そうしていれば彼はこの国一番の偉丈夫だ、その威風堂々たる姿に、歓声は一層盛り上がる。その盛り上がりを聞いているうちに、ふと先程のイレーネの顔が脳裏をよぎる。

あの顔は、あの雰囲気は。何かに思い至りそうだったところで、また別の歓声が上がった。そちらを見れば、先程喧嘩別れのように別れたイレーネが入ってくるところで。

戦場の落ち着きを思い出したガストンは、やっとその姿をまともに見ることができた。彼女が、彼女こそがこの戦場の相手であり、同時に戦友である。ならば、その姿をきちんと捉えないでなんとする。

きりっとした表情に改まったガストンを見て、ベールの内側で表情のないイレーネの眉が少しだけ動き、また戻る。その表情の動きの意味はわからないが、彼女もまたこの戦場に覚悟を持って臨んでいるはず。

ならば。

式は進み、落ち着きを取り戻したガストンは練習通りに動き、言葉を述べ。イレーネは言うまでもなく、全てを完璧にこなし。

「我らが創造神アーダインに、永遠の愛を誓いますか？」

「誓います」

「誓います」

二人して愛の言葉を誓い。その証として、口づけを交わす、手順だったのだが。

きっと彼女は望んでいないに違いないと思ったガストンは、触れそうで触れない、キスの振りだけをして式を終えたのだった。

それがどんな意味を持ったのか、知る由もなく。

色々と問題だらけだった結婚式が終われば、そのまま披露宴的パーティが行われる。

大教会で結婚式を挙げた貴族は、そのまま教会内にあるホールで参列客をもてなす宴《うたげ》を開くのがこの国では慣例となっており、ガストンもそれに倣《なら》った形だ。もちろん、他国人であるイレーネへと事前に説明は済ませてある。……ファビアンが言ってくれなければ気がつかないところだったが。

だから会場へと入るため合流した際にも機嫌を損ねた様子はなく、ここまで色々やらかした自覚のあるガストンは少しばかりほっとした。

入場の時間となり、ガストンはエスコートするためにイレーネへと手を差し出す。

武器を握ることしか知らない、大きく無骨な手。そこに乗せられたイレーネの手は、白く細く……華奢で、頼りなく。

その指先が冷たく感じるのは、彼女の緊張故か、それとも他の何かなのか。触れれば折れてしまいそうで、ガストンは握ることもできず包み込むように指を丸めるしかできない。

会場へと入れば、拍手と歓声で迎えられた。だがそれは、心地のよいものばかりでもない。

何か嫌な視線がいくつかイレーネに向かっているように感じるが、来ている客は彼よりも爵位が上の者も多いのだ、まさか見るなと怒鳴るわけにもいかず、手順通りに指定された席へと向かおうとガストンは気持ちを切り替える。

……ふと、イレーネの指先の温度が、また下がった気がした。

ガストンは少しだけ、ほんの少しだけ指を曲げ、触れるか触れないかのところまで丸め。だが、それ以上は曲げられないまま、イレーネをエスコートしていく。

随分と歩幅が違うなと思いながら、イレーネの歩きやすいように。ちょこまかとした歩き方になってしまっているが、自分が恥をかく分にはいいだろうとガストンは気にしない。もっとも、傍《はた》から見ればゆっくりと紳士的な歩みでイレーネを気遣っているように見えて、あんな振る舞いもできたのかとむしろ株を上げているくらいなのだが……残念なことにガストンからは見えないのでわからない。

程なくしてホールの一番端、少し上がった壇上の席に到着したガストンとイレーネは、タイミングを合わせて二人で頭を下げる。もう一度沸き上がる歓声に小さく手を振り、介添人の補助を受けながらイレーネが席に座ったのを見てからガストンも席に着く。司会役を買って出た上司の伯爵が進行を始め、開宴の挨拶となり。

「うむ、皆の者本日は大儀である」

出てきたのはシュタインフェルト王その人だった。

これもまた演出にして策略、この結婚は国王の肝《きも》いりであることを明確に示したわけである。

まさか国王の面子《メンツ》を潰してまで新郎新婦を貶《おとし》めるような、悪い意味で度胸のある人間はいまい。

そんなことをすれば、明日の朝日が拝めないのは明白。誰だって命は惜しいものだ。……お茶会でイレーネ相手に仕掛けてしまった令嬢や夫人は、顔面蒼白になっていたりはするが、仕方のないことだろう。

「それではこの前途ある若い二人とシュタインフェルト、レーベンバルト両国の友好を願って、乾杯！」

できる国王は挨拶が短い。手短かつ的確に婚姻の敬意や二人の人柄に触れた国王は乾杯の音頭を取って、人々がワインを口にしたところで速やかに下がる。

そして入れ替わるように今度はガストンとイレーネが立ち上がり、ホールの真ん中へと進み出た。今日の主役二人のファーストダンス、まずは向き合い、ガストンが手を差し出して。応えるようにイレーネが手を添えれば、そのまま互いに歩み寄り、ダンスの体勢、ホールドを組む。

あまりの身長差でどうにもアンバランスだが、びしっと背筋を伸ばしたガストンという壁にそっと寄り添う儚げな妖精という風情で、ダンスのペアというよりは一幅《いっぷく》の絵画のよう。

ざわざわがやがやと外野が好き勝手に言っているのをよそに、イレーネが小声でガストンに語りかける。

「あの、ガストン様。……わたくし達、まったくダンスの練習をしていないのですが、どうします？」

そう、勉強だなんだで忙しかったせいで、二人揃ってのダンス練習はまったくできていなかった。イレーネ自身は王女としてそれなりに嗜《たしな》んでいるが、果たしてガストンは。

窺うような視線を向ければ、そこにはいまだ戦場モードできりっとした顔のガストンがいた。

「あなたの好きなように動いてくれ、合わせる」

「は、はぁ……しかし、普通はそちらがリード役では」

「ああ、じゃあ、最初の3ステップは俺がリードするから」

出会ってからというもの、頼りないというか情けないところを幾度も見せていたガストンが、まったく動じた様子がない。面食らって困惑するイレーネだが、そんな内心を押し隠し、ガストンが動き出したのに合わせて、ステップを踏む。

一つ目、二つ目。聞いたことのある音楽、踏んだことのあるステップ。これなら、問題なく動けるはず。三つ目のステップの後は、好きなようにとのお言葉に甘えて身体が覚えているのに任せて動く。

元々さほど運動が得意というわけでもなく、派手も好まないのでオーソドックスなステップばかりを習っていたのだが、そんなイレーネのステップに、ガストンがとんでもない反応速度で追随。身体能力にものを言わせて先んじ、結果として彼がリードしているように周囲からは見えていた。

驚きのあまりイレーネがステップを間違え、ガストンの足を踏みそうになってもスルリと回避、それが元々のステップだったかのようにアドリブを効かせる。

人類の最高峰にあると言って良いガストンの身体能力、動作学習能力がこんなところで役に立つとは、きっと誰も思わなかったことだろう。もちろんイレーネもそんなことは思いもしていなかったから、若干混乱していた。

自分が先に動いているはずなのに、リードされている。勝手をしているはずなのに、思考が誘導されているかのような錯覚。

何かがおかしい。

そう、おかしい。

思わず。

本当に、思わず。

くすり、小さく笑ってしまう。

ほんの僅かに見せたその笑顔は、雪の下から現れたスノードロップのように可憐で。会場中の誰もが見蕩《みと》れ、釘付けになってしまった。……ただ一人、一番近くにいたガストンだけが、あまりの体格差のせいで見ることができなかったのだが、きっとあまりの妬ましさに、会場中の誰も彼に教えることはないだろう。

二人がダンスを終えれば、わっと沸き上がる拍手と歓声。先程よりも嫌な雰囲気が減っているようで、ガストンは達成感のようなものを感じていた。

この戦、勝った。

この空気であれば、きっとイレーネも平穏に暮らしていけることだろう。そのことが嬉しくて、ガストンはニカッとした笑みを見せた。

こうしてなんだかんだあった結婚式は何とか終わりを迎え、日もすっかり落ちた頃、ガストンとイレーネは新居へと向かう馬車の中にいた。

馬車の中は四人、ガストンとファビアン、イレーネと侍女のマリーが向かい合う形。会話はほとんどなかったが、空気はそこまで悪くない。少なくとも、あの結婚式が始まる前に失言をかました時にくらべれば、ずっと。

参列客に対してはこれといった失態を見せることはなかったし、国王や周囲のおかげもあって場の空気も壊れなかった。成功といっていい結果に、四人それぞれにやり遂げたという実感を覚えているらしい。

言葉はなくとも居心地は悪くない。そのことが、今のガストンにはとてもありがたかった。

やがて馬車は、一軒の屋敷へと辿り着き、門を潜って馬車止まりまで入っていく。ここはトルナーダ辺境伯が所有するタウンハウスの一つだったのを改修し、ガストン達の新居として与えられたもの。だから、使用人達もガストンの顔なじみがほとんどだ。

「坊ちゃま、お帰りなさいませ。お久しぶりでございます。……まあまあ、あの坊ちゃまがこんなに綺麗な奥様をお迎えになるだなんて……」

迎えに出てきた使用人達の一人、白髪の交じり始めたメイドがほろりと涙ぐむ。

「おいおいマーサ、坊ちゃまはやめてくれよ、もうこんな歳だぞ？」

「私にとっては、いつまでも坊ちゃまは坊ちゃまでございます。それより坊ちゃま、奥様をご紹介くださいませ」

「あ、ああ、それもそうだな」

マーサと呼ばれたメイドに促され、ガストンはイレーネを前へと出す。

「こちらが、え～……レーベンバルト王国からいらしたイレーネ姫だ」

「初めまして、イレーネです。これからよろしく」

紹介されたイレーネが挨拶とともに微笑《ほほえ》めば、ほぉ……と使用人達が溜息を零した。皆が皆感極まったかのような顔になっており、ガストンからすれば何事かと思うほど。その中で一番先に立ち直ったマーサがきりりと表情を引き締める。

「お目にかかれまして光栄にございます、イレーネ様。私はこの邸宅のメイド長を務めます、マーサと申します。何かございましたら、私どもにご遠慮なくお申し付けくださいませ」

そう言ってマーサが頭を下げれば、使用人達が一斉に揃って頭を下げた。一糸乱れぬ動きはよく訓練されたもの。……さながら軍隊のように。

「もしやあなた達の中には、トルナーダ辺境伯軍出身者の方がいますか？」

イレーネの問いかけに、驚いた顔を見せる使用人達。表情を動かさなかったのは、マーサくらいのものだろう。

「ご慧眼《けいがん》にございます。私どもの中には、怪我などで軍にいられなくなった者がおりまして。怪我、と言いましても日常生活に支障はなく、あくまでも軍人として活動できなくなっただけでございますので、どうぞお気遣いなさいませんよう」

マーサの答えに、イレーネはなるほど、と頷き返す。

負傷による退役者のセカンドライフは、レーベンバルト王国でも問題になっているが、この形ならば規律を叩き込まれた使用人を、忠誠心高く雇用することが可能になるわけだ。どうやらシュタインフェルト王だけでなく、トルナーダ辺境伯もなかなかにやり手らしい。

「ささ、立ち話もなんです、お二人ともどうぞ中へ。お疲れでしょうから、まずは甘い軽食などを。その後は湯浴みにて疲れを落としていただくよう準備をしておりますので」

「今日はなんだか至れり尽くせりだなぁ、マーサ」

話を聞いていたガストンが、感心したように言えば、マーサは呆れたような顔を返してきた。

「当たり前でしょう。今日はお二人の大舞台だったのです、夜に疲れが残らないようにしませんと」

「うん？　なんで、夜？」

後はもう寝るだけではないのか、と顔に書いてあったガストンの耳を、マーサが腕を目いっぱい伸ばして摘まみ、引っ張る。『痛てて』と言いながらガストンが身を屈めれば、マーサが抑えた声で耳打ちをしてくる。

「……坊ちゃま。結婚式最初の夜ですよ？　何をするかはご存じですよね？」

「……あ」

今の今になって思い出したガストンは、恐る恐る視線を後ろへ……淑女らしい澄まし顔のイレーネへと向けられた。視線に気づいたか、イレーネが小首を傾げ、少しばかりきょとんとした顔になる。

勢いよくガストンは視線を剥がすように逸《そ》らした。

「ま、また今度、とかは……？」

「だめです。逃げは許されません」

「うええぇ……」

情けない声を漏らすガストンの様子が余程不思議だったのか、イレーネの首がもう少しだけ傾げられた。

「うう、ついにきちまった……ああもう、ほんと、肉と酒でよかったのに……」

ぶつぶつと言いながら、湯上がりのガストンは寝間着に袖を通す。

結婚式のために無精髭を剃《そ》り、使用人が髪を洗って整えた今の彼は、まだ威圧感は残るものの結婚式で見せた偉丈夫っぷりが残っていた。これなら部屋の中に二人だけでもそこまで威圧感は与えないだろうか、と思いながら彼は寝室へと入る。

そこには、床を見つめるように顔を俯かせるイレーネがベッドに腰を下ろして待っていた。

マーサが言ったように、結婚当日の夜であるからにはつまり、初夜なのである。そういった方面にはとんと疎いガストンだが、閨《ねや》教育自体は一応受けている。あまり興味がなかったため、かなりあやふやになってしまってはいるが。

そんな彼だ、緊張と混乱で、いっそここから逃げ出したいとすら思っている。思ってはいるのだが。もっと逃げ出したいと思っているであろうイレーネがこうして大人しく待っていたのだ、まさか彼が逃げるわけにはいかない。

意を決して部屋の中に足を一歩踏み入れれば、ぴくっとイレーネの肩が震えて。……ただそれだけのことで、ガストンの足が止まる。

沈黙が寝室を支配すること、しばし。一歩入ってきただけでそれ以上動かなくなってしまったガストンを訝《いぶか》しんだか、イレーネの目が少しばかり動き、横目でガストンの様子を窺う。

その先にいるのは、困ったような顔のまま硬直している大男。果たしてどんな顔でやってくるのだろうかとあれこれ考え、身構えていたのだが、そのどれとも違っていて、イレーネもまた軽く目を瞠って動きが止まる。

硬直して視線を交わすこと、どれくらいか。先に視線を逸らしたのは、ガストンだった。

「や、やっぱ、いいや……俺は、肉と酒の方が……」

この状況でかなり意味不明なことを言いながら、のそりとした動きでイレーネへと背を向ける。広い肩を落としながら、寝室を出ようと一歩足を踏み出して。

「お、お待ちください！」

そこに、イレーネの声が上がった。まさか呼び止められるとは思いもしなかったガストンは、びっくりした顔で振り返る。

「え、ま、待てって、なんで」

「なんでも何も、初夜に一人残され、わたくしにどうしろとおっしゃるのですか！」

「ど、どうしろも何も、そのまま一人で寝てくれたら……ほら、そのベッド広いから、ゆっくり……」

その儚げな外見からは想像もできない鋭い声で詰問《きつもん》され、ガストンとしては気を遣った答えを返したつもりだったのだが……返ってきたのは、きっと睨み付けてくる瞳だった。

「一人でなど、やはりわたくしを侮辱なさるおつもりですか！」

「ぶ、侮辱!? お、俺はそんなつもりはこれっぽっちも……」

と返事をしかけたところで、ガストンが言葉に詰まる。困惑している彼の目の前で、イレーネがボロボロと涙を零し始めたからだ。

「あなた様にそのおつもりがなくとも、これは立派な侮辱でございます！ 敗戦国の王女として人《ひと》身御供《みごくう》にされ、下賜《かし》された先は成り立ての子爵というだけでも屈辱的ですのに、挙げ句肉や酒以下

だと言われれば、これ以上の侮辱もございませんでしょう!?」

「うえええ!?」

斬りつけるようなイレーネの言葉に、ガストンはうろたえた声を上げる。戦場では敵なしの彼が、一人の年若い、それも折れそうな程に細い女性に気圧《けお》されているのだ、混乱もしようというもの。目を幾度かパチクリとさせたガストンへと、イレーネの追撃は続く。

「思えば結婚式の前もそうでした、花嫁衣裳のわたくしを一目見て、『だめだこれは』など貶めるような発言!」

「うえええ!? ち、ちがっ、あれはっ!」

「式場に入った時は少しばかり見直しました、心持ちを立て直し、役割を全うされる覚悟を固められたのかと。だというのに、誓いの口づけをしないとはどういう了見ですか、誓いの言葉は嘘で、わたくしなど妻でもなんでもないという宣言ですか!」

「そ、それはっ、ち、ちがわ、なくもない、か……?」

責め立てられ、言い訳の苦手なガストンは、思わず同意してしまう。もちろんそれはイレーネが思っているような意味ではないのだが、言葉で言い表すならばそういうことだ。ただひたすらに、この男は言葉が足りない。

当然、そんなことを言われたイレーネは柳眉《りゅうび》を逆立てまなじりを吊り上げる。

「やはりそうでしたか! そのくせパーティでは紳士的にリードなさるから、わたくしとしたことが勘違いするところでした！」

「うえええええ!?」

まさかの文句に、ガストンも悲鳴を上げてしまう。

彼としてはおっかなびっくりな扱いのつもりだったのだが、イレーネからすれば気遣った紳士的なものに見えていたのだ。その上、気遣ったのに文句を言われているというこの理不尽さに、ガストンの脳はオーバーフローを起こしかけていた。彼の言葉の足りなさ故の事態なので、理不尽とも言い難いのだが。

「そうやって感情を持ち上げられ揺さぶられ、どうなることかと思っていれば一人で寝ろなど！ここまで弄《もてあそ》ばれて、これを侮辱と言わずになんと言いましょう！」

「ま、まってくれ！　だ、だってあなたも、嫌だろう？　ち、違うのか？」

「もちろん嫌ですとも！　それはもう、身の毛がよだつほどに！」

「うえええええ!?」

もしかして、とほんのわずかな期待と共に投げた問いはスコンと打ち返され、またも悲鳴のような声を上げる羽目になる。何がどうすればそんな答えになるのか、ガストンにはさっぱりわからない。そして、伝わっていないことが丸わかりであるため、イレーネはさらに言葉を重ねる。

「嫌ですが、わたくしの感情とこれは、別の話でございます。わたくしとて王家の者、望まぬ婚姻もその先の行為もありえるものと覚悟してまいりました。これは王族の義務であり、同時にそれでこそ王族であるという矜持《きょうじ》でもあるのです。ですから、それを踏みにじられるのは、これ以上ない侮辱なのでございます！」

「ま、待って、待ってくれ、ちょっと待ってくれ」

一言一言噛みしめるように紡がれた言葉は、どうやらイレーネの本心からのもの。それが伝わったガストンは、今度は言われたことを整理し直していく。

頭を抱えながらうんうんと唸ることしばらく。ようやっと顔を上げたガストンは、おずおずと問いかける。

「つ、つまり、されるのも嫌だけどされないのも嫌、される方がまだまし、ということ、か？」

「まだまし、と言うよりは、ずっとまし、でございます」

「うええぇ……」

きっぱりと否定され、ガストンはまた頭を抱えた。

どうにも理解できないが、彼女は本気だ。それはわかる。だが、どうすべきかがわからない。

「何を悩んでおられるのです、殿方は痛みなどないのですから、さっさと済ませてしまえばよいではないですか」

「だ、だめだ、それは、だめだ」

イレーネが促せば、急にガストンは全力で拒絶するかのようにブンブンと首を横に振った。

いきなりの変化にイレーネが驚いて言葉を失えば、しばしの沈黙が落ちて。今度はイレーネが、不思議そうな面持ちでガストンへと問いを向けた。

「何故です、何故そこまで激しく拒絶なさるのです」

「だ、だって、だめだ。俺が触ったら、あなたが壊れる」

思わぬ答えに、ドキリとイレーネの胸が嫌な音を立てる。

何をそんな大げさな、と言い返してしまいたいのに、言葉が出ない。自身でも気づいていなかった何かを言い当てられたような感覚に、心がぐらりと揺れたような気がした。

「……それは、身体に負担だとは聞いておりますが、しかし」

「ち、違う、身体もだけど、それだけじゃない。あなたの、心が、壊れる」

イレーネの身体がぴくりと震える。数秒、呼吸さえ止まって。それから、ゆっくりと息を吐き出した。

「何を、馬鹿なことを……心が壊れるだなんて、そのようなことは」

「わかる、わかるんだ、俺は。戦場で壊れてく奴は、今のあなたみたいな顔をしてた。身体は壊れても治せる、こともある。でも、心はだめだ。心は、治らない……治るとしても、時間が、めちゃくちゃかかる。だから、だめだ」

珍しく言葉数多く語るガストンの声は、戦場を見てきた人間だからこその重さに満ちていて、弁の立つイレーネであっても口を挟むことも反論することもできない。そして思う。自分はそんなに張り詰めていたのだろうか、と。

沈黙するイレーネを前に、ガストンの語りは続く。

「俺が、肉と酒の方がって言ったのは、そっちの方がお似合いだ、ってことで。あなたみたいな綺麗な人の隣なんて、勿体なくて、落ち着かなくて……。ど、どうしたらいいのかな」

「ど、どう、と言われましても……」

イレーネよりも遥かに大柄なガストンだというのに、その姿はどうにも弱々しく。急に綺麗などと言われた直後にイレーネも、動揺した影響で妙案などすぐ出るわけもなく……途方に暮れたような声を出すしかなかった。

言うまでもなく、イレーネだって夜のことに明るくはない。知識だけならばある耳年増《みみどしま》だが、実際の経験は当然皆無。むしろ彼女の方が緊張すべき場面であるし、もちろんこれ以上ないほど緊張していた。ガストンのおかげで、どこかにいった気はするが。

「ガストン様のおっしゃることを纏めますと、わたくしが壊れると思ったから触れたくなかった、わたくしが……その、綺麗だからどうしたらいいかわからない、とそういうことでよろしいですか？」

自分で自分のことを綺麗などと、その方がむしろ恥ずかしい。

彼女とて自身の容姿が優れていることはわかっているが、そのことを鼻にかけたことはない。そして、そんなおべっかを使われた記憶もない。つまりイレーネは、男性からこんなことを言われることに、免疫がなかったのだ。

動揺のせいかイレーネの舌鋒が緩み、少しばかりしゃべりやすくなったガストンはコクコクと頷いて返して。

「あ、ああ、その通りだ。なんせ俺の手は、ほら、こんなだし」

そう言って彼が見せた大きな手は、皮が厚くゴツゴツとした無骨なもの。ろくな手入れもしていないのか、それとも手入れが追いつかないのか、その表皮はヤスリのように荒い。きっとイレーネの柔肌に触れでもすれば、削り取ってしまうだろうと思うほどに。

その手をしばし見つめたイレーネは、小さく首を横に振った。

「こんな、などとおっしゃらないでください。これは、武人の手。わたくしが尊敬する騎士も、修練の後が刻み込まれた手をしておりました」

懐かしげに言いながら、イレーネはしげしげとガストンの手を見つめる。

大きさは、ガストンの方が一回りほど大きいだろうか。それでも、その手のもつ雰囲気は騎士のそれとそっくりで。思わず懐かしさのあまり触れようとして、ぴゅっと慌ててガストンが手を引いた。

「そ、そりゃ、騎士の手とは似てるだろうけども。でも、そいつに触れたのだって握手くらいのもんだろう？」

「それはまあ、そうでしたけれども。……そう、ですけれども」

確かにその騎士とは握手くらいの接触しかしていない。

そして、これからガストンとするはずだった行為は。……具体的なイメージを避けていたそれに思考が至り、イレーネは言葉に詰まる。一度頭が冷えてくれれば、改めて踏み出すにはなかなか思い切りが必要なようだ。

ふぅ、と一つ息を吐き出す。彼が言うように自分が壊れたかどうかはわからないが、イレーネ自身の考えが甘かったのは事実らしい。そして、そんな自分を思いやってくれたガストンの思いやりを無下にするのも気が引けた。

「わかりました。それならば、本日は床を共にするだけにいたしましょう」

「お、おう？」

「それであれば、ガストン様がわたくしに触れる必要はございませんし、体裁も取り繕《つくろ》えます。同じ床に就くのはガストン様は落ち着かないかもしれませんが、わたくしに触れずに済むだけまし、とお思いください。わたくしも、それであれば嫌悪とまではいきませんし、心の折り合いもつけられます」

「お、おう……わかった」

イレーネの提案に、あからさまにほっとした顔をするガストン。

それはそれで、微妙に面白くはないのだが。かと言ってここで蒸し返しても仕方がないし、きっといいことではないのだろう。双方の言い分を考えれば、恐らくここが妥協点とすべきところ。口にしてしまえば、その妥協点も崩れてしまうだろうから。

そうやってイレーネが心を落ち着かせている間に、ガストンも覚悟を決めたのかベッドへと歩み寄ってきた。男であるガストンの方が覚悟を決めるというのも、妙な話かもしれないが。

「お、俺はこっちの隅っこでいいから」

「まあ……よろしいですけれども」

広いベッドの端は壁にくっつけられており、ガストンはその壁側へと身体を潜り込ませた。そして、身体を丸めるようにしながら背中をイレーネへと向ける。

「あの……窮屈ではございませんの？」

「だ、大丈夫だ、もっと狭いとこで寝てることが多いし、こっちのが落ち着く」

「……左様でございますか」

きっとそれは、戦場のことなのだろう。

大きな身体を縮こまらせて眠ることが当たり前な、ガストンの生きてきた世界。イレーネの常識が通じないそこで、彼がどんな暮らしをしてきたのか、彼女は知らない。想像もつかない。ただ、ガストンが『傷つける』ことにやけに敏感で繊細なのは、そこでの暮らしから来ているような気がした。

であれば、もっと彼のことを知らなければいけない。知らないうちから彼を断じることは、公正でないように思うから。

「じゃあ、おやすみ」

背中を向けたまま言うガストン。今日はもう、これ以上彼が語ることはないのだろう。

だからイレーネは、今日はひとまず眠ることにした。

「はい、おやすみなさいませ」

そう返事をして、イレーネが反対側へ潜り込もうとすれば、ふと覚える違和感。息苦しさが、幾分ましになっている。少しばかり解放感がある、というか。

いや、考えてみれば部屋の入り口にガストンが立っていたのだから圧迫感があって当たり前だと程なくして気がつき、イレーネはそんなこともわからなかった自分に苦笑する。

けれど、今度はすぐに気づく。自分がそれだけ視野が狭く、思考が頑なになっていたことに。

「……自分で自分の状態がわからなくなっていた、ということかしら」

ぽつり、つぶやく。これではまるで、ガストンの方が自分のことをよくわかっていたようではないか。

受け入れられない考えだが、イレーネに否定する材料はない。

一つだけ言えるのは……ガストンの言う通り、今日は何もしないのが正解だったのだろう、ということ。負けを認めるかのように、イレーネは小さく溜息をついた。

そして顔を上げれば、目に入る入り口の扉。先程までガストンがいたそこに、今は遮るものが何もない。逃げようと思えば、逃げられる。

「気を遣われたのかしら」

だとすれば、随分とわかりにくいものだ。

それが、ガストンという男なのかもしれない。そうではなくてたまたまなのかもしれない。どちらか、今はまだわからない。

明日にはわかるだろうか。それとももっと先だろうか。

「……おやすみなさいませ」

だから、明日を迎えるためにイレーネはベッドへと入り、目を閉じた。

イレーネが寝入ったらしい気配に、ガストンは小さく息を吐き出す。

逃げられるようにはしたけれど、逃げてほしくない気持ちもあった。だから、こうして同じ床に就くことができたこと自体は、嬉しいと思う。こうして一つ所で眠ることは、彼にとっては仲間、身内であることを意味するものだから。

だから、それ自体には安堵して。別の理由で、落ち着かなくなっていた。

辺境伯軍には女騎士や兵士もいたから、女性も一緒に雑魚寝《ざこね》をした経験がないわけではない。だから大丈夫だと思っていたが、甘かった。甘すぎた。

というか、甘い。匂いが。

広いベッドの端と端で離れてはいても所詮布団は一つ、中で空気を共有してしまう。となればイレーネの方からも空気が漂ってくるわけだが、それが明らかに違う。自分が纏っているそれと、まるで違う。それどころか、女兵士はもちろんのこと、女騎士のそれとも違っている。

考えてみれば、そもそも雑魚寝の経験はあっても同じ布団に潜り込んだことはなかった。距離は雑魚寝と大して変わらないのに、こうも違うものか。息を吸い込めば甘い匂いで頭の芯が痺れそうになり、慌てて吐き出しても顔に熱が集まってくる。心臓がバクバクして、普段なら寝ている時間なのにまったく眠気がやってこない。

「ど、どうすりゃいいんだ、これ……」

イレーネを起こさないように、小さな小さな声でぼやく。

もちろんそれに答えてくれる人はいないし、答えられても困る。寝ているイレーネが起きてしまう、ということだから。

……そう、寝ている。

ガストンの思考がぐるぐると迷走している間に、イレーネは寝てしまっていた。何故わかるかと言えば、規則的な寝息が聞こえてくるから。それに気づいてしまえば、今度はそちらに意識が持っていかれてしまう。

すー……すー……と聞こえてくる微《かす》かな寝息は、今まで聞いた誰のものより静かで微かなもの。微かであるはずなのにやけに鮮明に聞こえて、全身を耳にして聞き入ってしまう。

ただの呼吸音だ、こんなの何てことのないものだ。そう自分に言い聞かせるも、それが欺瞞《ぎまん》でしかないことは彼自身がよくわかっている。

違うのだ。明らかに、ただの呼吸音ではないのだ。彼の中の何かを刺激し、熱を生んで気を昂ぶらせてしまうもの。これがせめて何故そうなるのかがわかれば対処のしようもあるが、ガストンにはまったくわからない。

「ど、どうすりゃいいんだ、ほんと……」

また、ぼやく。

いや、これから何度もぼやくことになる。

ガストンの長い夜は、まだまだ終わらない。

結局彼は、一睡もできずに朝を迎える羽目になった。

2 家族への、はじめの一歩

翌朝。

もぞもぞと何かが動く気配にイレーネは目を覚ました。どうやら、睡眠と呼んでいいものは取れたらしい。逆に、壁際に丸まっているガストンは、ろくに眠れなかったようだが。

「……おはようございます、ガストン様」

「お、おはよう」

もぞりと身体を起こしたガストンは、いかにも寝不足といった顔で。熊のような体格の彼がそんな間の抜けた顔をしているのが何ともおかしくて、イレーネは小さく吹き出してしまった。

「お？　な、何かおかしい、か？」

「いえ、その。……まだ眠そうな顔をしてらっしゃいますから、顔を洗ってらしては、と」

「お、そ、そうだな、それはいい、早速洗ってくる」

頷くと、ガストンはがばっとシーツを撥《は》ね上げてベッドを出て、そのまま寝室の隣に設《しつら》えた洗面所へと向かう。……動きに淀みがないあたり、徹夜には慣れているのか、単に体力があるのか。ひとまず、体調の心配はなさそうだ。そんなことを思いながら、イレーネも寝床を抜け出した。

夫婦と言えども男女の朝の身支度はかなり違うため、それぞれの私室で行う。なので、与えられた自室へと戻ったわけだが……そのイレーネを迎えたのは、憔悴《しょうすい》しきった侍女のマリーだった。

「ひ、姫様、昨夜はその、無体なことなどされませんでしたか!?」

必死の形相《ぎょうそう》で縋り付いてくる姿を見るに、イレーネのことが心配で一睡もできなかったらしい。

「大丈夫よ、マリー。……というか、そういうことがなかったのよね……」

「なんですって!?」

マリーを安心させようと思って言ったのだが、それはそれでマリー的にはよろしくなかったようで、あっという間に表情が変わった。絵に描いたような憤怒の形相になり、隣の寝室に通じる壁、さらにその向こうにいるであろうガストンを睨み付ける。

「うおっ!?」

壁の向こう、マリーの視線の先には本当にガストンがいて、動物的な勘のある彼は込められた殺気に反応してびくっと背筋を震わせながらキョロキョロと周囲を見回した。

「え、どしたんすか大将」

「いや、何か殺気を感じたような……気のせいか?」

「殺気って、屋敷の中でそんなのありえないじゃないっすか」

「それもそうか……そうなのか?」

鋭い感覚はあれど普通の人間の範疇でしかないファビアンは殺気に気づかなかったようで、それに釣られてガストンも気にしないようにした。

辺境伯軍出身者が多いこの屋敷は、規模の割に防諜体制が整えられており、刺客など入ってくることはできない。だから二人とも気のせいで片付けたのだ。

まさか侍女のマリーが壁の向こうから気配を察知して正確に睨み付けてくるなど……考えつくことができるわけもなく。まして、ガストンに対して怒り狂っているなど想像もしていない。

「ちょ、ちょっとマリー、落ち着きなさい。どうしたの、急に」

「これが落ち着いていられますか！　よりにもよって手を出していないですって!?　こんな麗しく魅力的な姫様を前にそんな甲斐性のない、玉なしですかあの男は！」

「待ちなさいマリー、流石に言いすぎな上にお下品です、もうちょっと色々抑えなさい」

どうどうとマリーを落ち着かせながら、イレーネはふと思う。昨夜の自分も似たようなことを言っていたな、と。

「わたくしも最初はそう思ったし、これでもかと言わせてもらったわ。その後ちゃんと話し合ったし、ないがしろにされているわけじゃないから」

「……そうなのですか？　であれば、私が今更物申すなど差し出がましい真似をするわけにはまいりません。しかし、であれば一体どうしてです？　まさか立たないとか」

「マリー。だから、もうちょっとお上品な言い方を選んでちょうだい」

そう口では窘めながらも、マリーが無条件で自分の味方になってくれることを改めて感じて、イレーネの口元に小さな笑みが浮かぶのだった。

そんな一悶着もあり、イレーネが準備を整えて食堂に姿を現したのはかなり時間が経ってから。

事前にファビアンから「女性の準備は時間がかかるもんですよ」と言われていたガストンだが、そのことを実感として味わうことになった。そして、待っただけの甲斐はあった、とも思った。

祖国から連れてきたマリー達に身だしなみを整えられたイレーネは、家の中で着る用の簡易なドレス姿だったのだが、それでも見蕩れてしまうくらいに美しい。

この美しい人と昨夜は床を共にしたのだ。そう思えば、心が浮かれるような心地がした。本当にただ共に寝ただけだというのに。そして、イレーネの顔にさほど険がないことにも少しばかり安堵する。どうやら、昨日の同衾《どうきん》は彼女の負担にはならなかったらしい、と。

だが、そのイレーネの表情は、すぐに怪訝なものへと変わった。

「あの、ガストン様。何故先にお食べになってらっしゃらないのです？　まさか、わたくしをお待ちになっていたのですか？」

「うえ？　そ、そりゃそうだけど」

問われて、何を当たり前のことを、とガストンは首を傾げる。

彼からしてみれば、待つのは当たり前のことだ。

「だ、だって、夫婦……というか、もう、家族なんだし。家族は一緒に飯を食うもんだ」

イレーネの気持ちを考えれば、夫面するのも角が立つかと思い言い直したのだが。それでも何か引っかかったのか、イレーネは何も言わない。

やはり別の言い方をした方がよかったのかとガストンがあわあわし始めたところで、やっとイレーネが口を開いた。

「……家族は、一緒に食事を摂るもの、なのですか?」

「お、おう……あっ! ち、違うところもあるらしい! けど、俺はそうしたい、んだけど……だめ、か?」

頷きかけたところで、他の家では色々あるらしいと聞いたことを思い出したガストンは、すぐに首をブンブンと横に振った。

例えば彼を気にかけてくれている国王などは、忙しくてゆっくり食事を摂る暇がないと言っていた気がする。であれば、隣国の王族であるイレーネも似たようなものであったかもしれない。

しかし、それは自分にはできない。できるだけ、したくない。だから、おずおずと問いかけたのだが。

「……いいえ、だめ、ではございません。ご一緒させてくださいませ」

昨夜の舌鋒鋭い彼女はどこへやら、儚げな見た目通りの声でイレーネが答えた。それを聞いたガストンは、驚いたのか少しばかり目を見開き、問いかけてしまう。

「だ、大丈夫か？　やっぱり体調悪いのか？」

「いいえ、そうではございません」

気遣わしげなガストンへと、ゆるり、イレーネが首を振る。

何やら思案している様子の沈黙に、それを察したガストンは言葉を待ち。数秒か、十数秒か経った後、イレーネが口を開いた。

「わたくしは、家族と食事を共にしたことが、ほとんど記憶にございません。ですから、少し戸惑ってしまいまして」

「うえ？」

イレーネの口から出た思わぬ言葉に、ガストンは間の抜けた声を零してしまう。

親、家族、仲間達。当たり前のように食事を共にしてきた彼からすれば、イレーネの発言はそれくらいに衝撃的だった。戸惑うガストンや使用人達の顔を見て、イレーネは苦笑を浮かべる。

「やはり、あまり一般的なことではございませんよね？　いえ、元王族なのですから、一般的でないことは多いのでしょうが」

「そ、そうだ、うちの陛下だって、仕事が忙しすぎてゆっくり飯食えないって言ってたし！」

イレーネの言葉に、ここぞとばかりに勢い込んでガストンが言えば、その必死な様子に、思わず笑みが……身を守るための淑女の微笑みでなく、心からの笑みが思わず零れてしまう。

何だか調子が狂ってしまうな、と思った次の瞬間には、ここにきてからずっと狂いっぱなしだなと思い返す。その主な原因である人は今、テーブルを挟んだ向こうで何やら必死の形相なのだが。

……他人の家庭事情でしかないのに、こんなに。それは、なんともくすぐったいような気がした。

「では、きっとそういうこともあるのでしょう。けれど、こちらでは一緒に食事を摂るようにするのですね」

「お、おう、その通りだ」

確認するようにイレーネが言えば、こくこくとガストンが幾度も頷く。その必死な様子は何ともおかしく……それでいて、心が温かくなるような気がした。

「俺達辺境伯領の連中は、死ぬ時は一緒に死ぬこともあるし、生き延びる時も一緒だ。だから飯を一緒に食う。その方が、一緒になりやすいから」

だが、続いたガストンの言葉に、背筋が伸びるような思いがする。

隣国と国境を接する辺境伯家の生まれで、幾度も戦場に身を投じたガストンからすれば、死は身近にあった。だからこそ辺境伯家では、家族と共に、仲間と共に食事を摂る。そうすることで結束が強まることを、経験的に知っているのだ。

「そういうことですか、だから……」

「ああ、だからほんとは、執事とかメイドとかとも一緒に食べたいんだけど……それは、あなたが嫌がるかなって」

　ボリボリと頭を掻きながらガストンが言うも、イレーネから答えは返ってこない。てっきり昨夜のような勢いで「嫌です」と言われるかと思っていたガストンは、首を傾げながらまじまじとイレーネを見つめ。視線を感じたイレーネは、こほんと小さく咳払い。

「ガストン様、あなたがこの家の主なのですから、それはお好きになさってください。……そういう理由でしたら、わたくしも嫌とは申しません」

「そ、そうか！　あ、いや、そうか、ありがとう」

　思わぬ答えに喜色満面となったガストンは、しかしすぐに表情を改めた。あまりあからさまに喜んではイレーネに不快感を持たれるかと思ったため、なのだが。

「ガストン様、昨夜のことがありますから偉そうには言えませんが……わたくし、きちんと理由や根拠をお話しいただければ、よほどのことがない限り怒ったりいたしません。ですから、お気遣いは嬉しいのですが、無用に窮屈な思いをなさる必要はございませんよ？」

「そ、そうか！　お、俺はどうにも、そのあたりの加減がわからなくて……。あ、あなたからも思ったことは言ってほしい。俺は、あなたの気持ちをちゃんと知りたい」

「……左様でございますか。では、今後はそのようにさせていただきます」

　イレーネがそう答えれば、ガストンはほっとしたような笑顔になった。なったのだが。

「では、早速ですが……申し訳ございません、朝からこの量の食事は無理でございます。特に、この大量のお肉……晩の食事でも食べきれません。これは、わたくしも先にお伝えしておくべきだったかもしれませんが……」

「うえええぇ!?」

ガストン的にはまさかの申し出に、思わず声を上げてしまう。

だが、イレーネの眼前に用意されているのは、てんこ盛りという表現がぴったりなくらいに盛られたローストビーフのスライス。添えられたパンも拳大のロールパンが四つ、その隣にはボウルに盛られたサラダが『一人分ですよ』とでも言いたげに鎮座している。まあ、その向こうに見えるガストンの前に並べられた食事の量は倍以上なのだから、これでも控えめに盛ってくれたのだろうことはわからなくもないのだが。

「だから言ったじゃないですかガストン様！　普通の女の人はこんなに食べられないって！」

「だ、だってお前はあれくらい食べるじゃないか!?」

「あたし基準で考えないでください！　軍隊上がりは普通じゃないんです！」

などとガストンに食ってかかるメイドを見るに、周囲の人間も言ってはくれたらしい。これが使用人まで総出の嫌がらせだとしたら困ったところだったが、どうやらそうではなく。

イレーネの三倍はあろうかというガストンの基準に合わせれば、そして彼の中の基準が軍隊に所属する人間なのだとすれば、この量になるのもあるいは仕方ないことなのかもしれない。

「そ、そっか、あなたはほっそりしてるものな……そりゃ、食べる量も少ないよな。気づかなくて、すまん」

「そこまでお気になさらずとも……いえ、こうしたことを言葉にしていくべきなのでしょうね、きっと」

素直にうんうんと頷くガストンを見ているうちに、イレーネはくすりと小さく笑みを零してしまう。

こんなに大柄で力も強そうで、何より戦勝国の英雄だというのに、何故か愛嬌のようなものを感じてしまうではないか。

「お、おうっ、そ、その、俺は特に頭良くないから、教えてくれると嬉しいっ」

まして、イレーネの笑みを見た途端顔を真っ赤にするようなところを見せられれば。少しずつ、心のしこりが解《ほど》けていくような心地すらする。

「あ、教えてくれると嬉しい、で思い出した！　その、すまないけど、領地経営について、教えてほしくて」

「はい、それについても言われております。わたくしのできる限りになりますけれども」

慌てて話題を変えるガストンに、イレーネもこくりと頷いて返す。

今回、ガストンにイレーネが嫁ぐことになった理由の一つが、領地経営の補助である。戦場で武功を挙げたガストンだが、学識面では足りないところが少なからずあり、不安しかない。そこを補うために、貴族家へと降嫁する可能性が高いため領主の教育も受けていたイレーネがあてがわれたところがあるのだ。もちろんいきなり隣国の王女を全面的に信じるわけもないので、監視の影がついている、らしいのだが。

今のイレーネはまったくもってそんな気はないし、ガストンもそのことは何となく察していた。であれば、手伝ってもらうことに何の問題もないだろう、むしろ何としても手伝ってほしいとすら思っている。ガストンはもちろん、従者のファビアンもそのレベルの仕事になるとかなり怪しいのだから。

「それでは、夫婦になるには時間がかかるかもしれませんが……まずは家族、仲間としてお仕事をしてまいりましょうか？」

「お、おう、そんな感じで、頼むっ！」

イレーネが、現時点で取れる立場を示せば、ガストンは笑顔で頷いて見せた。それはもう、からっとした晴天の空のような笑顔で。何故だかそれを見たイレーネは、気恥ずかしさを感じて目を逸らした。

「よし、じゃあしときたい話は終わったし、食べようか」

「そうですね、折角用意していただいたのですし、美味しいうちに食べませんと」

ガストンが言えば、イレーネもコクリと頷きながら返したのだが。ごくありきたりな返しだったはずなのに、何故かガストンは驚いたような顔になり。それから、うんうんと満足げな顔で幾度も頷いて見せた。

「そうそう、美味いうちに食べないとな。どうも他のお嬢さん達はおしゃべりの方が大事みたいで、わかってもらえなかったんだよなぁ……」

「……それは、そういう方もいらっしゃるかもしれませんね」

失敗を重ねた今までの見合いを思い出しながらガストンがしみじみつぶやくも、イレーネは当たり障りのない返ししかできない。何しろ彼女には、食事そっちのけでおしゃべりに興じるような友人がいなかったのだから。

それというのも、嫡子だからと甘やかされて育った王太子である兄が、施された教育の様々な分野で優秀な成績を残してきたイレーネを目の敵《かたき》にしているため、イレーネと仲良くして王太子の不興を買うことを令嬢令息達は恐れたのだ。

まさかそんなことを、この身内への情が厚いと見えるガストンに、身内として認められた直後のタイミングで言うわけにもいかない。ややもすれば号泣、下手をすれば烈火のごとく怒り出すことも考えられるのだから。いずれは話すこともあるだろうが、それは今ではないのだろう。

「さ、そんなことを愚痴ってそれこそ美味しくなくなったら本末転倒です。いただきませんか？」

「お、おう、そうだな。じゃあ、我らが創造神アーダインの恵みに感謝を」

「感謝を」

イレーネが促せば、それもそうだとガストンが食事前の祈りの言葉を口にし、イレーネもそれに続く。

このシュタインフェルト王国もイレーネの出身であるレーベンバルト王国も、主に信仰されているのはアーダインであるため、宗教的な問題はないことにイレーネは密かに安堵していたりする。

もう数カ国ばかり東にいけば別の神を崇める国と接するようになり、宗教的対立も相まって紛争が激化する傾向があるらしく、そこで国をまたいでの政略結婚などしようものなら、食事の祈りだけで毎度喧嘩になったかもしれないが……そう考えると、イレーネはまだましな方なのだろう。

「さ、いただこういただこう。いやぁ、昨日はあまり食えなかったから、腹が減ったったらありゃしない」

「坊ちゃま、言葉遣いがよろしくなさすぎです」

「うえっ、わかった、わかったから」

マーサからお小言を食らいつつも、笑顔のままガストンはナイフとフォークを手にする。

そして、予想通りというか何と言うか、いきなりローストビーフへと矛先を向けた、のだが。思わずイレーネは目を瞠りそうになり、慌てて表情を取り繕った。

やや慌て気味なのは予想通りで、がっつきたいだろうところを抑えている様子は愛嬌を感じるくらいだったのだが。いざローストビーフのスライスがガストンの皿に置かれた次の瞬間、音一つ立てることなく綺麗に畳まれてフォークに刺さっていた。何が起こったのかわからなかったイレーネの目の前でガストンは淀みない動きでそれを口に運び、実に美味そうに咀嚼《そしゃく》し、飲み込む。

そしてまた、ローストビーフ。食事のバランス、という考えはあまりないらしい。今度こそは何が起こったのか見定めようとイレーネはガストンの手元を見つめていたのだが、やはり、わからなかった。

恐らく文字通りの目にも留まらぬ速さでナイフとフォークを正確に駆使し、音を立てることなく口にしやすい大きさに畳んでいるのだろうが……冗談としか思えない程一瞬でその作業が完了するため、イレーネは自身の立てた仮説を信じることができない。実際のところは、イレーネの想像通り、ガストンが目にも留まらぬ早業でローストビーフを処理して口に運んでいるだけなのだが。

このガストンという男は、前述の通り人類最高峰の身体能力と動作学習能力を備えている。当然それはナイフとフォークの操作に対してもであり、ガストンのテーブルマナーは講師達からも評価されつつ、困惑もされていた。

何しろ、文句のつけどころはない。有り余る筋力のおかげでナイフもフォークも小枝よりも軽く感じるため、手にした姿は余裕に溢れている。極めて正確精緻な操作でもってナイフとフォークが動けば皿に音を立てて触れることはなく、料理も微動だにすることなく切り分けられるし、その動き自体は優雅と言ってもいい。

ただし、それらが恐ろしい速さで行われていなければ。

お手本のように優雅で正確な動きをしているはずなのに、その動きを認識した瞬間には動作が完了しているため、見ているだけで違和感に頭が痛くなってくる。

おまけに先程まではあった料理がいつの間にかなくなっているのだ、ここまでくると若干ホラー

の領域に片足を突っ込んでいるとすら言えるかもしれない。

　今イレーネの目の前で繰り広げられている光景がまさにそれで、あれだけ大量にあったローストビーフが早くも半分ほどになっており、サラダもいつの間にか大半がどこかに行っている。いや、間違いなくガストンの胃袋の中に行っているのだが、それが信じられない。

　呆気に取られてその光景を見ていたイレーネに気づいたガストンが、小首を傾げながら問いかけてきた。

「どうした、さっきから全然食べてないけど」

「えっ。あ、いえ、大丈夫です、ちょっと考え事を……」

「おう、そっか。頭がいい人はそういうことがよくあるよなぁ」

などと笑いながら、ガストンは自身の経験談を語り出した。

　彼の昔話となれば、知り合ったばかりで結婚したばかりな二人の話題には丁度良い。良いはずだ。だが、イレーネはその会話から意識を持っていかれそうになるのを堪えるので必死だった。

　そうやって語るガストンの皿から、料理が消えていく。

　彼とて人間だ……人間のはずだ、会話の合間に息継ぎを挟む。恐らくその一瞬で食べているのだろうが、とてもそうは思えないくらいに語りが不自然に途切れない。

　何が起こっているのか、想像は付くが理解ができない。だからイレーネは、それ以上考えるのをやめた。ガストンの手元や皿を見ないようにしつつ、自身もナイフとフォークを動かし、食事をする。

……会話をしながらの食事に不慣れなせいか、しっかりとマナーを修めたはずの彼女の方がぎこちなくなっているくらいなのだが、ガストンは気がつかないのか、そのことをいちいち指摘したりはしない。

「……ああ、そういうことですか、だから皆さん食事はそっちのけなのかもしれませんね」

「ん？　どういうことだ？」

不意にイレーネがそんなことを言えば、ガストンは不思議そうに尋ね、そんなガストンへと、くすり、小さな笑みをイレーネは向けた。

「いえ、貴族の食事会など、どこで揚げ足を取られるかわからない場ですから、そこで会話をしながら食事をして、では気が休まらないでしょうし、何よりどちらかで失敗をしかねませんでしょう？　であれば、家に利益があるよう、しかし言質《げんち》を取られないよう、食事はさておき会話に集中する気持ちもわかるな、と」

「へえ、そういうものかぁ。俺達は食事なんか勝手に身体が動くようになれって仕込まれてるから、気にしたことなかったなぁ」

「……はい？　……ちなみに、仕込まれたのはどなたです？」

「え、うちの親父に言われてだけど」

「なるほど……」

あっけらかんと答えるガストンに、イレーネは重々しく頷いて見せた。

ガストンの父親、即ちトルナーダ辺境伯その人である。他国と境を接する辺境伯領の守護者にして大貴族である彼ならではの発想と言って良いかもしれない。

素早く食事を摂ることは、いつ出動がかかるかわからない軍においては必須の技能という。しかし、ただ早く食事をするだけでは粗暴に見えて、社交の場では侮《あなど》られる可能性が高い。

故にトルナーダ辺境伯は、マナーにのっとりながらも素早く食事を摂る技術を練習させたのだろう。……ここまでのレベルを要求したのかは怪しいところだが。

「一事が万事、とは言いますが、こういったことの積み重ねが決定的な差になるのかもしれませんね」

「お⁉　い、一体何の話だ？」

「いいえ、こちらの話です。……一つ言えば、レーベンバルトの敗因の一つに思い当たった、というところでしょうか」

「お、おう⁇」

イレーネの言葉に、まったく心当たりのないガストンは首を傾げるばかり。彼にとってこの食べ方は、身に染みついた当たり前のもの。それがシュタインフェルトの勝因の一つだなどと言われれば困惑しても仕方のないところだろう。

「いいえ、気にしないでください。さ、わたくしもちゃんといただきませんと」

そう言うと、困惑しながらもナイフとフォークが止まらないガストンを見習って、イレーネも食事を始めた。

「姫様、私はあのお方を見誤っていたのかもしれません」

イレーネが私室へと戻った途端、侍女のマリーが神妙な顔でそんなことを言い出した。

割と頑なところのあるマリーにしては珍しいこともあるものだ、と思いながらもイレーネが目で続きを促せば、小さく頷き返してマリーが口を開く。

「まず、野蛮な戦闘狂の化け物などではない……いえ、戦場でそうなる可能性は残っておりますが、ほとんどありえないと言っていいかと。少なくとも野蛮なだけの人間は、あれほどのテーブルマナーを身につけようとはなさらないでしょうから。あそこまで洗練された動きなど、私は見たことがございません」

「そうね、正直にいって王太子殿下よりも遥かに洗練されていたわ。……ただ、あの速さは異様と言って良いレベルだったけれども」

「そうですね、難癖付ける人間からすれば、あれは見逃さないでしょう。逆に言えば、そこだけ……あのレベルで身につけるなど、どれだけの練習をなさったのか、とても想像ができません」

イレーネが小さく笑いながら言えば、流石にマリーも頷かざるを得ない。

優雅さを重視する……しすぎる人間の中には、素早い動きなど程度の低い人間にのみ必要なこと、と見下している人種がいる。その、素早い動きをする人間に、普段の生活において守られているというのに。

そして、マリー自身もいざという時にはイレーネの盾となる覚悟をしており、動けるようにと時間を見つけては鍛錬をしている。だからこそ彼女は、ガストンの積み上げたものを理解できたのだろう。

「ガストン様とわたくし達の置かれていた状況、環境は大きく違うから、比べるようなものでもないとは思うけれども。あの方や軍人の皆さんにとって、早く食べることは死活問題だとも聞くし。だからこそ、文字通り必死になって身につけたということなんでしょうね」

「はい、おっしゃる通りかと。……恥ずかしながら、私はガストン様の食事姿を見るまで、あの方がそういう必死な環境にいたことなど考えもしませんでした」

「それは、仕方ないことだと思うわよ？　大事なのは、気づけたことだと思うの」

己の決めつけを恥じるマリーを慰めるイレーネだったが、その口調は自分に言い聞かせるようなものでもあった。

彼女とて、マリーに大きなことを言える立場ではない。頭ではガストンや軍人達の生活を知ってはいたが、実感としてはわかっていなかった。

しかしそれは、食事の仕方一つを通して垣間見えて。

一体、どれ程の深さでガストンの身体に染みついているのだろうかと思う。そして何より、どれ程過酷な生活だったのだろうか、と。

「わたくし達は、気づく機会をもらえた。そして、気づけた。後は、そうやって気づいたことを今後にどう活かしていくか、じゃないかしら」

「左様でございますね……そうは言いましても、私は姫様に誠心誠意お仕えすることしかできませんが……」

「ありがとうマリー、頼りにしているわ」

直接ガストンに向かって悪口を言ったわけでもないのに心から悔いているマリーの真面目さに、イレーネの口元が緩む。融通の利かないこともあるが、それでもやはり、彼女のこういうところは好ましいと思う。であればこそ、その忠誠心に応えられる主でいたいところなのだが。

「さてそうなると……わたくしが、どうするか、なのだけれど。まずはそういう生活だったから身につけられなかった部分の補佐、ということになるわよね、やっぱり。言うまでもなく、書類仕事だとか領主仕事の頭脳労働部分になると思うけれど」

「それは……ええと、はい、否定はできません」

あまりにズバズバと言うイレーネに、逆にマリーの方が言葉を濁す。そんなマリーの反応に、きょとんとした顔でイレーネは小首を傾げた。

「あらどうしたの、そんな奥歯に物が挟まったような言い方で」

「いやその、流石に昨日までの私ならともかく、今となってはちょっとはっきりとは言いにくいと申しますか」

「そうなの？　事実は事実として認識はすべきじゃないかしら。……あ、流石にガストン様の前ではここまで言わないわよ？」

何とも歯切れの悪いマリーに、今気づいたかのような様子で小さく手を振りながら返すイレーネ。

実際のところ、少々ガストンへの配慮に欠けていたことに、後から気がついたのだが。

イレーネには、どうにも事実を指摘したり正論を言う時にズバリと言いすぎるところがある。自覚はあるし、それで人間関係を悪くしたこともあるから何とかしようとはしているのだが、ふとした瞬間に出てしまうことがあり、今がまさにそれだった。

「……マリー相手だと気を抜いてしまうのがいけないのかしら」

「それはそれで、私としては誇らしい気もいたしますけれど、外では気をつけてくださいませ？」

「ええ、そこは気をつけておかないと、ね。何しろここは……」

ここは、元敵国。そんな言葉を口にしない程度の分別は流石にある。

実際そうだし、何かあれば元がすぐに取れてしまうような状況でもあるのだが、如何《いか》なイレーネであってもそれを口にはしない。

それに、口にしたくない、とも思ってしまう。

「……ここは。この国でなく、この屋敷は……いつかわたくしの家と言えるようになるのかしら」

「それについては、私からは何とも。正直に申し上げて、まだ複雑なものはございますし」

ガストン達の見せてくれた態度から、打ち解ける努力をした方がいいだろうと思い始めてはいる。だからといって、そう簡単に切り替えられるわけでもない。ただの政略結婚でさえ心情的には複雑になるところだというのに、加えて敗戦国から戦勝国へ、なのだから。

「……それに考えてみれば、もう少ししたら領地の方へ移動するのだから、ここもそう長くはいないのよね」

「言われてみれば、確かに。いえ、だからと言ってぞんざいな振る舞いをしていいわけでもないですが」

「ええ、やるべきことはやって、お互いに気持ちよく出立できたら。そうなると結局、ガストン様の書類仕事の補佐をきちんとやって、慌ててお別れなんてことにならないよう余裕を持って出立していただくこと、になるかしら」

「左様でございますね。……なかなかに大変そうではありますけれど」

こくりと頷き返すも、マリーの顔はどうにも曇り気味。

ガストンの様子からも使用人達から漏れ聞こえる話からしても、ガストンの仕事はどうにも滞りがちな様子。というのも、領地の引き継ぎに関する事務作業が普通よりも多いためだ。

「向かう領地が、元々以前治めていた家が断絶して王家預かりになっていた場所らしいものね。情報の引き継ぎはもちろんのこと、保留になっていた案件の処理や税金絡みの手続きも多いでしょうし」

「……姫様、大丈夫です？　こちらの国の法律、私は全然わからないのですけれど」

「わたくしもそこまで詳しくはないけれど、国王陛下が法務官を一人お貸しくださるそうだから、何とかなるでしょ」

「一人だけですよね？　……姫様だったらほんとに何とかしそうなのは何故なんでしょう」

「ふふ、色々無茶ぶりもされてきたもの……それにほら、基本的な流れはそう大きく変わらないでしょうから、細かいところの確認がほとんどになると思うのよね」

そう答えながら、若干遠い目になり虚空を見つめるイレーネ。

彼女が祖国にいた頃は、彼女を妬む王太子から色々と面倒な仕事を嫌がらせとして振られていた。嫌がらせのよう、ではなく、明確に嫌がらせとして。

そしてまた、彼女がそれでも処理しきってしまっていたのだから、話がさらにややこしくなってしまうことが大半。気を悪くした王太子が機嫌を損ね、別の面倒ごとに発展することも少なくなかったことを話の流れで思い出してしまったのだ。

「……わたくしももう大人だもの、もうあんな過ちは繰り返さないわ……」

「だ、大丈夫ですよ、ガストン様はあんな子供みたいな拗《す》ね方しませんって、多分、きっと……」

「ええ、そこは大丈夫だと思うのだけれど、ね。……他の人達の様子にも気を配っておかないと」

見たところ、ガストンはもちろん従者のファビアンも寛容な人柄のようだけれども、人間、どこにスイッチがあるかわからない。であれば、気をつけるに越したことはないだろう。

「仲間であろうと……いいえ、仲間だからこそ。親しき仲にも礼儀あり、と言うしね」

そう自分に言い聞かせたイレーネは、ふと思う。本来ならば今日は初夜の翌日とあって何も仕事は入れていない。であれば屋敷の中のことや使用人達のことを知る日にしてしまうのはどうだろうか、と。

早速マリーに相談すれば、彼女もそれはいいと同意してくれた。

「では、一休みしたら出歩く準備をしましょうか」

「はい、姫様」

そしてしばらくの食休みの後、マリーを伴って部屋から出たイレーネだったが、屋敷の人間はおおむね彼女に対して好意的だった。

「これは奥様、ごきげんよう。何か御用がございましたらお申しつけください」

「ありがとう、大丈夫です。ちょっと屋敷の中を見て回ろうと思いまして」

「なるほど、奥様はこちらにいらしたばかりですしね。アデラ、奥様をご案内して差し上げなさい」

「はい、かしこまりました！」

一人の老執事が歩くイレーネを見つけるとすぐに歩み寄ってきて、用向きを尋ねてくる。……その年を思わせない達者で淀みない歩き方に、マリーは思わず驚きそうになったが。

あれは、間違いなく達人の歩き方。それが自然にできている老人が執事を務めるこの屋敷とは、一体。などと、わかってしまうが故にマリーは一人で恐れおののいているのだが、幸か不幸か主であるイレーネにはそちら方面の嗜みはなく、執事の凄さはわかっていないようだ。

そして老人もそれをひけらかすつもりはないようで、ごく自然に対応し、近くを通ったメイドを呼び止める。やってきたのは朝食時にガストンへと文句を付けていた年若いメイドで、なのに彼女もまたその足運びは熟練者のもの。この屋敷の使用人は辺境伯軍から退役した者ばかりと聞いてはいたが、改めてその質の高さを見せられると背筋に冷たいものが走ってしまう。

『王太子殿下は本気でこんな国相手に勝つおつもりだったんですか……？』などとマリーは思ってしまうのだが、元々イレーネを遠ざけていた人間だ、その答えを王太子から聞く機会はきっとこないだろう。

それに、この屋敷の面々が特に優れている可能性もあるのだし。と、綺麗に掃除された廊下を見ながら思う。この屋敷は、元々が辺境伯家のものだけあって子爵家のものとして見ればなかなか広い。しかし、使用人の数は子爵家が雇用してもおかしくない程度の数に抑えられている。なのに、掃除が行き届いているということは、一人一人のこなせる業務量が普通の人間よりも多い、ということなのだろう。

また、業務量だけでなく質もかなり高いようだ。特に庭師の仕事は見事の一言で、あそこまできっちりと綺麗に整えられている庭は、そうはない。ふと思い立って、案内をしてくれているメイド、アデラへとマリーは聞いてみることにした。

「……庭師の方も辺境伯軍出身の方なんですか？」

「ええ、ロブじいさんは一番の古株で。もう七十にもなろうっていうのに、まだまだ現役じゃー！とか言って元気なものですよ～」

「七十前？　え、あれで？」

驚きながら庭を見るマリーの視線の先では、しゃんと背筋を伸ばした老人がハシゴの上に立ち、大振りの鋏をシャキンシャキンと小気味よく鳴らしながら操って植木の枝振りを整えている。腕にも首にもまだまだしっかりと筋肉がついており、遠目には四十代と言われても納得する程。

しばし言葉もなくロブと呼ばれた男性の様子を見ていたマリーは、アデラの方へと顔を向けて。

「辺境伯軍には秘伝のアンチエイジング法でもあるんですか？　もしあるなら教えてほしいんですけど」

「あはは～、そんなのあるわけないですって。強いて言えば、鍛えてるから、かな？」

「き、鍛えてるだけでああはならないと思うんですけど……」

そう言いながらマリーは庭へとまた目を向けて。それから今度は、アデラの方へと、その肌へと目を向けてしまう。年の頃はガストンやイレーネと同じく二十前後。化粧っけは薄いが、そもそも厚化粧をあまり必要としないのだろうと思う程に生命力漲《みなぎ》る肌。彼女やイレーネより少々年長であるマリーとしては、気にならないわけでもない。

「ん〜……奥様は流石に無理にしても、マリー様だったらついてこれなくもない、かも〜？」

視線に気づいたか、考えを読まれたか、アデラがマリーの腕や足を見ながら言う。

ちなみに、王女付き侍女であるマリーは母国では貴族令嬢だったため、アデラは彼女に様付けをしている。それでも大分気安い口調ではあるのだが……アデラの人柄だからか、職場の人間だからか、マリーは咎める気がまったく起こらない。むしろ、他のことに気を向けさせられたから、かもしれないが。

「あの……私なら、というのは？」

「え、だってマリー様、結構鍛えてますよね？　多分、いざっていう時のために」

あっさり言い当てられて、マリーは絶句してしまう。何しろ母国では貴族令嬢が身体を鍛えるなどはしたないとされているため、気づかれないように、悟られないようにと振る舞ってきた。努力の甲斐あって母国では一度も指摘されたことはないのだが、まさか会って即ばれてしまうとは。

「……ちなみにマリー、わたくしも気づいていたわよ？」

「そうなんですか!?」

「ええ。あなたが言われたくなさそうだったから、黙っていたのだけれど」

「それは、確かにそうなんですが……あ、でもイレーネ様にわかられているのは、それはそれで

「……？」

それまで口を挟まないでいたイレーネが少々申し訳なさそうに言えば、マリーはショックを受けたような顔だったのだが、すぐに立ち直った。つまり、それだけイレーネがマリーのことを見ていた、気にかけていた、ということで。

「ちょっとマリー、顔が少しだらしなくなってるわよ？」

「はうっ!?　も、申し訳ございません」

咎めるようにイレーネが言えば、マリーは慌てて顔と姿勢を立て直した。……それを見たイレーネがくすくすと笑っているあたり、本気で咎めるつもりは最初からなかったようだ。

「それでマリーはどうするの？　アデラさん達と一緒に鍛えるの？」

「え、そこに戻るんですか？　いえその、興味はありますけど、イレーネ様のお側を離れるわけには……」

流石にトルナーダ家の使用人を前にしてイレーネのことを『姫様』と呼ぶことは躊躇われたらしいマリーは、問われた内容についても躊躇ってしまう。

その表情を見ていたイレーネは、ふむ、と一つ小さく頷き。

「まあ、すぐに決める必要もないわね。マリーだって新しい環境に慣れるのに疲労もするでしょうし」

「……そう、ですね……新しい環境であれもこれも、と手を出すのもなんですし」

イレーネに言われ、マリーはこくりと頷いて見せた。

彼女の言葉の意味。新しい環境に慣れるとはつまり、この屋敷内の人間がどれだけ信頼できるか見極めてからということなのだろう。確かに見極めができた後であれば、そしてしばらくの間イレーネの側を任せられると思えたら、鍛錬に参加すること自体はマリー自身のためにもイレーネのためにもなるように思える。そう思えるようになればいいな、とも思う。

「じゃあ、マリー様が参加するかは保留ってことで。んふふ、楽しみだなぁ、鍛錬仲間が増えるかもしれないって思ったら」

「あ、あの、お手柔らかにお願いしますね……？」

楽しそうに笑っているアデラに水を差すようで悪いが、そこはしっかり言っておかないといけないところ。恐らくマリーの身体能力は、アデラの足下にも及ばないし、本気を出されたらとてもついていくことなどできはしない。

戦々恐々といった顔でマリーが言うけれども、アデラは聞いてはいるけれどわかってはくれていない顔だ。

「大丈夫大丈夫、最初は軽く新兵コースで……あれ？」

新兵コース。つまりブートキャンプコース。そう考えて、その厳しさを伝え聞くマリーはぞっとしたのだけれど。

急に怪訝な顔になったアデラに、小首を傾げた。

「どうかしましたか、アデラさん」

「えっと、何かガストン様の呻き声が聞こえるような？」

「え!?　た、大変じゃないですか!?」

思わぬ言葉に、マリーは思わず声を上げた。

この子爵家当主でありイレーネの夫となったガストンが、呻き声を上げている。となれば、襲撃か暗殺か、怪我でもしたか毒でも飲まされたか……とマリーは大慌てなのだが。

「……アデラさんが落ち着いている、ということは、よくあることなのかしら？」

イレーネが落ち着いた声で尋ねれば、アデラはとても残念そうな顔になりながら、こくんと頷く。

「はい……多分あれ、ガストン様が書類仕事で死にそうになってる声です……」

「あらまあ」

恥ずかしそうな顔で言うアデラは、残念なものを見るような目で、遠くを見る。きっとその視線の先に、苦悶するガストンがいるのだろう。

その光景を想像するとなんともおかしくて、イレーネは思わずくすっと笑ってしまった。

「ならちょうど良いかもしれないわね。アデラさん、ガストン様のところに案内してくれるかしら」

「あ、はい、奥様。……ちょうど良い、ということは、お手伝いしていただけるので？」

「ええ、まあお手伝いになるかはわからないけれど。……今日はゆっくりするつもりだったけれど、書類仕事で死なれても困りますし、ね」

少し茶目っ気を出しながら、パチリと片目をつぶるイレーネ。

「はうっ」」

そんな悪戯《いたずら》な仕草に、アデラとマリーは同時に同じような声を上げて、両手で胸を押さえた、なんて一幕もありつつ。アデラに案内されたイレーネが執務室で見たのは、机に突っ伏しているガストンとその横で補佐していたらしいファビアンが背もたれにぐったりと身体を預けているところだった。

「ちょっとちょっと二人とも、何だらしない格好してんですか！　奥様がいらしたんですから、しゃんとしてください！」

「うええええ!?」

あらあらとその様子を眺めていたイレーネの目の前でアデラが叱り飛ばせば、驚いたようにガストンが身体を跳ね起こし。

その振動で身体を揺すられたファビアンが慌てて姿勢を正して椅子に座り直す。

と、アデラの言葉がやっと頭に入ったか、入り口の方を見てイレーネとマリーの姿を認めれば、ファビアンは流れるような動作で立ち上がり、胸に手を当てながら恭しくお辞儀をした。

「やあ、これはこれは奥様、マリー嬢。お見苦しいところをお見せしまして」

そして女性受けの良い和やかな笑みを向けるのだが……マリーが一瞬だけ眉を寄せた。『あ、こいつ胡散臭《うさんくさ》い』と。

長年イレーネに付き従って王宮の中にいる様々な人々と接してきただけあって、マリーは裏のある人間を見抜くことにもある程度通じている。その彼女の目に、ファビアンの笑みはどうにも胡散臭いものに見えて仕方がない。同じく気づいているはずのイレーネが何も言わないので、彼女も口にしないが。

そんなファビアンの声に続いて、ガストンがのろのろと頭を上げる。立って挨拶しないのは、彼がこの屋敷の主人だからだ。

「お、おう、二人とも、どうした？　アデラが案内してくれたのか？」

「ええ、ガストン様が死にそうな声を出していると言われまして。書類仕事に苦戦しているのではと聞いてはいましたが……これは、なかなかですね」

すっかり覇気のなくなっているガストンに答えるイレーネの視線の先には、山と積まれた書類があった。多少処理済みのものもあるようだが、まだまだ大半が未処理の様子。これは、突っ伏したくもなるだろうと少しばかり同情もしてしまう。

「いやもう、元々書類仕事は苦手だけど、今日は全然頭が働かなくて……」

「それはまあ、仕方がないかと。昨夜、ほとんど眠れていないのでは？」

ガシガシとガストンが頭を掻きながら言えば、イレーネが淡々とした口調で小首を傾げる。

と、その場に居合わせた三人が三人、それぞれに反応を見せた。マリーは若干イラッとした顔になりかけ、戻し。アデラは驚いたように目を見開き。ファビアンは驚きから喜び、そしてにやけた顔へとスムーズに変化していった。

「ちょっとちょっと大将、なんすかそれ、いきなり飛ばしすぎじゃないですか、初ｙもごぉっ!?」

つんつんと肘でガストンを突《つつ》きながら揶揄《からか》おうとしたファビアンの口が塞がれる。ガストンの鷲掴みによって。

「言うな。しゃべるな。聞くな」

「もがっ、もごっ！」

真っ赤な顔のガストンが重々しい声で言い含めれば、その手の甲に血管が浮かび上がる。ミシッ、ピシッと音がしているような気がするのは、顎《あご》が外れそうになっているのか骨がマズい状況にあるのか……。

喋れないファビアンが必死の形相で何か訴え、ガストンの手をパンパンと格闘訓練の時にする降参の合図、タップをして訴えているが、ガストンは手を離してくれない。伝わっていないのか、わかっていいて離してくれないのか……いずれにせよファビアンにとっては死活問題に発展してしまっているのだが。

そこに、救いの手が差し伸べられた。

「ガストン様、そのままではファビアンさんが使い物にならなくなりますから、そのあたりで」

「おう？　お、おう……そ、そうだな、あなたがそう言うなら……」

救いの手、というにはあんまりな言い方ではあるが、ガストンも納得したのか手を離してくれたので、ファビアンはぶはぁ、と大きく安堵の息を吐き出した。

何しろガストンの握力ときたら凄まじく、リンゴを握り潰す程度はお手の物。戦場の高揚の中でなら、組み付いてきた相手騎士をひっつかんで引き剝がす際にその鎧まで引きちぎったことすらある。流石に板金そのものではなく、それらを繋ぐ金具を、ではあったが……それでも十分人間離れした所業だ。

ちなみに、その騎士は強引に剝がされた時に指が折れたり肘が変な方向に曲がってしまったりしていたが、ファビアンはそっと記憶の底に沈め直した。

そんな人間離れしたどころではないガストンの握力を誰よりもよく知るのがファビアンだ、若干本気が混じった目のガストンに顎を鷲掴みにされた恐怖はこれ以上ないものだったことだろう。骨が軋《きし》む音に、『あ、終わったこれ』と半分以上本気で思ったところを助けられたのだ、イレーネの言い方が多少あれなくらい気にすることなく、心からの感謝を捧げざるを得ない。

「一応誤解のないように言っておきますけれど、昨夜はそういうことは一切なくてですね」

「は？」

「え？」

イレーネが説明をしようとすれば、アデラとファビアンは信じられないものを見るような目でガストンを見る。思わぬ視線に、ガストンは一瞬びくっとして。

「何やってんすか大将！　初夜に何もしないってあんた玉nもぐぅ!?」

そして、折角助けてもらった命をまた捨てにきたファビアンの口を、また鷲摑みで塞いだ。先程にはなかった骨がたわむような感覚に、『あ、今度こそ終わった』とファビアンは諦めの境地に入りかけたのだが。

「申し訳ございませんガストン様、わたくしが言わなくてもいいことまで言ってしまったようで」

「お、おう……あなたがそう言うなら……」

と、マリーから小声で耳打ちされたイレーネが、少しばかり頬を赤らめ視線を伏せながら言えば、ガストンは毒気を抜かれたような顔になってファビアンから手を離した。

解放されたファビアンは再び大きく息を吐き出し、深く深く空気を吸い込む。ああ、生きているって素晴らしい。一度死の淵を垣間見たからか、生まれ変わったような、あるいは開けてはいけない扉を開けたヤバイ人のようなことを思うファビアン。そんな悟りを与えてくださったイレーネを崇めそうになり、ギリギリのところで踏みとどまる。

そんなファビアンのドタバタしている内心など当然知る由もなく、イレーネは小さく咳払いをすると改めて口を開いた。

「昨夜はガストン様がこちらに来たばかりのわたくしのことを気遣ってくださって、そういったことはなし、ということになったのです」

とイレーネが説明をすれば、一応ファビアンもアデラも納得はしたようだ。ただし、そちら方面にガストンが奥手なことを知っているファビアンは、ガストンがヘタレたのではないかと疑っているが。言葉通りに受け取ったアデラは、感心したようにうんうんと頷いている。

「流石ガストン様、そういった気遣いもちゃんとなさるなんて！　そういうの大事ですよ～、最初にされたことって、引きずりますからね？」

「そ、そうなのか？　なら、あれでよかったのかもなぁ」

アデラに言われて、ほっとした顔になるガストン。

あくまでもアデラは一般論的に言っているのだが、昨夜のイレーネがまとっていた張り詰め方を知っているガストンからすれば、やはりそうだったのかと安堵もするだろう。

そして、経験のないイレーネとしても、引きずるものなのかと今更ながらに思う。であれば、もしかしたらガストンの判断は間違いではなかったのかもしれない、とも。

改めて、まずは仕事仲間になるのが先なのだろう、と結論づけた彼女は、改めて書類の山を見る。

「ともかくそういうことで、ガストン様の判断力が鈍っているのは否めないと思いますし、お手伝いした方が良さそうかなと思うのですが、いかがでしょう？」

「うう……いきなりで申し訳ないけど、正直、助かる……」

イレーネが問いかければ、ガストンはがくりと肩を落とした。

できればもう少し格好をつけたかったり、意地を張りたかった気持ちがないわけでもない。だが、それが無駄であることもよくわかっているため、頷かないという選択肢はなかった。

「わかりました、では早速取りかかるとしましょうか。マリー、手伝ってくださいね」

「かしこまりました、イレーネ様、ご指示を」

くるりと後ろを振り返ったイレーネに、マリーは迷うことなく頷き、頭を下げる。この書類仕事を前にしてまるで怯《ひる》んだ様子のない二人の姿が、ガストンにはやたらと頼もしく見えた。そんな視線を受けつつ、イレーネが二人へと問いかける。

「まず、こういった書類仕事の基本中の基本がお二人にはわかってらっしゃらないようです。何かわかりますか？」

「うえ？　いや、とにかく早く片付けること、じゃないのか……？」

イレーネから問われ、ガストンがおずおずと答えた。書類仕事が苦手な彼としては、とにかくこの時間が一刻も早く終わってほしくて仕方ないのだから、そう言うのも仕方のないところだろう。

だが、その答えにイレーネは即座に首を横に振る。

「恐らく一番やってはいけない考え方ですね、それは」

「うえええ!?　そ、そうなのか!?」

「はい。それで早く終わるのは、余程の天才か何かです。少なくともわたくし達普通の人間がやるべきことではありません」

きっぱりと言い切るイレーネにガストンは言い返せず、ファビアンとアデラも『え、そうなの？』という顔になり。マリーは一人、『いえ、イレーネ様は割と普通じゃないですよ？』と思うも口には出さなかった。

それぞれに答えを返せない四人を前に、イレーネはしばし答えを待って。返答がないとわかれば、やや呆れた表情になる。

「なるほど……皆様、あまり書類仕事はお得意ではない、もしくはあまりされてこられなかったようですね。ファビアンさんは器用にこなす印象がありましたから、少々意外ですが」

「あ～……すみません、軍の事務仕事は定型的な計算ばっかりで得意なんですが、こういう色々考えないといけない仕事は慣れてないもので」

「ふむ。ということは、計算はお得意と考えてよろしいですか？」

「あ、はい、自分で言うのもなんですが、割と得意な方かと」

「わかりました、でしたら……」

ファビアンの自己申告を受けてイレーネは書類の置かれた机へと向き直り、積み直して書類を四枚ほど並べられるスペースを作り出した。それから、書類の山から一掴み、束を取り出して……パラララと指に当てて弾くようにしながら捌《さば》いていく。

もう一度、今度は先程よりも少しゆっくり。

それが終われば、先程作ったスペースに書類を並べ、重ね直していく。手にした書類を全て並べ終えれば、また一掴み取り出して、同じように捌き、並べて。幾度か繰り返せば、机の上に山と積まれていた書類が四つの山に分けられていた。

「こちらの山は期限がまだ先なので後回しに。こちらは検算が必要なものなので、ファビアンさんとマリーで手分けして検算してください。それからこちらは夫人が代行しても問題ない書類なので、わたくしが処理いたします。最後にこちらは、ガストン様しか処理できないものになります。それだけに内容が難解ですから、概要と解説を作成いたしますね。……と、このようにまずは分類して優先順位を明確にすることが重要なのです」

それら分類された書類を前にガストンとファビアンが言葉を失っているところへ、イレーネが淡々と次にやるべきことを指示していく。あまりに自然なその言葉に、彼女にとってはこれが当たり前にできることなのだと、何となく理解した。できてしまった。

「え、普通の、人間？」

『一緒のカテゴリにされたくない』と続けそうになって、ファビアンはギリギリで言葉を飲み込む。だが、言いたくなってしまうのも仕方のないことだろう。

どう見ても流し読み、それよりももっと短時間しか目を通していなかったはずなのに、少なくとも一番上に乗せられている書類は、イレーネが言っていた通りの内容。ということは、本当に目を通した上で判断した可能性が高い。あんな、文字を一文字二文字読めるか程度の僅かな時間しか見ることのできなそうな捌き方で。ガストンもアデルも同じようなことを思ったのか動きが止まる中、ただ一人マリーだけが動き出していた。

「ではこちらはお預かりいたしますね。ファビアンさん、半分はお任せしますよ？」

「え、あ、はい。……え？　なんで普通に仕事しようとしてんです？　あれおかしくないっすか？」

「イレーネ様ですから。さ、そんなどうでもいいことを考えてる暇があったらこちらの検算をお願いします」

「は、はい??」

ざっくり半分に分けた書類をファビアンに押しつければ、まだ呆気に取られているものの、受け取るのは受け取った。書類を落とさず持ったことだけを確認したマリーは、それ以上何を言うこともなく早速検算作業に入る。それを見たファビアンも、これ以上考えても無駄だと割り切ったか、作業に取りかかった。

ちなみに、この国においては既に羊皮紙にとってかわって植物紙が流通している。それも、検算のための計算用紙として使っても誰も何も言わないほどに。そしてファビアンは、それを使い潰しながらの計算は得意だった。

「……うん、ファビアンさんに計算を任せるのは問題なさそうですね。そうそう、アデラさん、厨房に行って休憩用に何か甘い物を用意してほしいと伝えてもらっていいですか？」

「あ、はい！　……正直あたしにはそれくらいしかできなそうです！」

お願いされれば、ピシッと背筋を伸ばしてアデラが答える。

彼女とて読み書き計算はしっかりと仕込まれているのだが、ファビアンには及ばない。であれば、身体を動かす役割を担うべきなのだろうと切り替えて、言われた通りの伝言を伝えに行く。

そして残ったのは、彼女が自分で処理すると決めた書類とガストンの書類なのだが。こうして指示を出していく間にも、既に概要と解説を一枚に纏めたものを作り出していた。

「……ああ、これは明日、法務官殿がいらしてから確認しつつ進めた方がいいですね。これとこれ、後これを今日中に決裁したいところですね」

「お、おう？　……よ、読まずにサインだけ、っていうのは……」

「駄目です。わかっていて聞きましたよね、今」

「お、おう……やっぱりかぁ……」

きっぱりと断じられて、ガストンはしょぼんとしながらも書類に目を通す。

まずは、概要と解説の方を読んで。それから改めて書類を見れば、先程に比べればまだ中身が頭に入ってくる。

「おう……これなら、何とかなる、かも……？」

「それはようございました。もっとも、何とかしていただかないといけないのですけどね？」

「ううえ……何とか、する」

若干突き放すようなイレーネの言い方に、しかしガストンは怯みながらも頷いて返す。

彼とてわかっているのだ、この書類は何とかしなければいけない類いのものなのだと。そして、何とかなる糸口は、イレーネが作ってくれた。後はそこを突破するだけなのだと。

「うおおおお!!」

思わず、気合を入れる。

ここを突破できるのは、その資格があるのは自分だけ。これは自分だけの戦なのだと理解したガストンは、決意を固めた。

今のガストンは、孤立無援ではない。露払いをしてくれるファビアンとマリー、補給をしてくれるアデラがいる。何より、概要と解説という知恵と武器を授けてくれたイレーネがいる。この戦、負けられない。負けるわけにはいかない。

「こんな書類くらい、なんだぁぁぁぁ!!」

気合を入れて、書類へと吶喊《とっかん》。

数時間後、今日やるべきことをやりきったガストンは、穏やかな顔で執務机に沈んでいた……。

こうして、イレーネの助けを借りて書類仕事を今日の分は何とか終わらせたガストンは、夕食を摂って湯浴みが終わる頃には、脳の限界が来てしまったらしい。

昨夜と違ってイレーネは落ち着いた様子でガストンを迎えたのだが、そんな彼女を見てもガストンはどうにもぼんやりした様子。

「今日は、お疲れ様……すまん、ほんとに、疲れた……」

と、挨拶もそこそこにガストンは昨夜と同じくベッドの壁際側に潜り込み、イレーネへと背中を向ける。あんまりな態度と言えばそうだが、今日のガストンの仕事ぶりや様子を見ていたイレーネとしては、怒る気にはなれない。

「はい、お疲れ様でした、今日はもうお休みくださいまし」

「お、おう……」

落ち着いた声音でイレーネが挨拶を返せば、くぐもった声で返事があって。それからものの数秒ほどで、規則正しい寝息が聞こえてきた。

「もう寝付かれたのね……まあ、昨夜はろくに眠れなかったみたいだし、今日は頭を大分使ってもらったわけだし」

ベッドの側に立ち、向けられた背中を見つつイレーネは一人つぶやく。

何とも今日は、ガストンの意外な面ばかりを見ていたような気がする。いや、そもそも彼のことを何も知らなかったのだが、そのことを改めて思い知らされた、と言ってもいいかもしれない。

「当たり前と言えば当たり前、よね。ほとんど話をしてこなかったのだから」

彼と婚約を結ぶことになってから半年、それぞれに忙しく、まともな会話はほとんどなかった。結婚して、その夜に初めてきちんと話せて。どうやら自分が随分と思い違いをしていたらしい、と気づかされた。野蛮そのものな外観だというのに、不器用ながらこちらを気遣う心根。彼は寝付けなかったようだが、イレーネはしっかりと眠ることができた。

「おかげで、書類仕事でへまをせずに済んだけれど」

如何なイレーネとて、寝不足の頭であんな書類捌きはできない。今日の昼に格好を付けられたのは、まとまった睡眠が取れたからというのも要因の一つ。そして、それをもたらしたのは、今目の前で丸くなっているガストンだ。

「……冬眠する熊って、こんな感じなのかしら」

ふと、そんな失礼なことが思い浮かんでしまう。この場合、熊とガストン、どちらに対して失礼なのかはわからないが。ともかく、目の前にあるのが、すっかり寝入ってしまって無防備なガストンの背中だ。

なんとなしにそれを見ていたイレーネは、ふと気づく。

「……本当に、随分と無防備ね……？」

そうつぶやきながら、そっと足音を立てないようにしながらベッドへと近づく。

……反応がない。

そっと、静かに揺らさないように、ベッドに腰を下ろす。

……反応が、ない。

優秀な武人であり、気配には敏感であろうはずのガストンが、まるで反応しない。そのことがおかしくて、吹き出しそうになった口元を手で押さえる。

つまりガストンは、ほとんど会って二日目と言って良いイレーネ相手に、ぶんどった形になっている敗戦国の王女相手に警戒を解いてしまっているのだ。それも、完全に、と言えるレベルで。

「……わたくしが実は刺客で、なんてこれっぽっちも思ってない、ってことよね、これって」

もちろんそんなことは毛ほども考えていないし、命じられてもいない。むしろ命じられたら必死に反対したことだろう。そんなことをすれば、今度こそレーベンバルト王国は滅びるだろうから。

確かにガストンは、一騎当千と言って良い程の強さを誇る武人だ。彼一人で戦局を変えたこともあると聞くし、彼がいなくなりでもすれば、シュタインフェルト王国の戦力には影響が出ることだろう。

ただしそれは、シュタインフェルト王国にとってはきっと致命的なものではない。兵の数も質も十分で、彼がいなければ瓦解するような軍備ではないし、士気も高い。おまけにガストンのあの人柄だ、もし彼が暗殺されでもすれば、全軍が弔い合戦とばかりに士気を上げることは想像に難くない。そうなってしまえば、レーベンバルト王国にその勢いを受け止めることなどできはしないだろう。

「まあ、王太子殿下はそこまで考えていないのだろうけど。単にわたくしが野蛮な成り上がり子爵の妻になることで悦に入《い》っているだけ、という顔だったし」

思い出したくもない顔を思い出して、思わず溜息をつく。

考えてみれば、まず停戦交渉の会談からよろしくなかった。そもそも会談の場には臨席することが許されず、ならばせめてとイレーネが用意した各種資料に王太子はほとんど取り合わず、ろくに読みもせず、交渉の席に着いたらしい。当然交渉は難航、というかシュタインフェルト王国側の言い分にろくな反論ができなかったようだ。

最悪なことに、そんな状況で何とかせねばと焦りながらイレーネの資料を使おうとして、逆に墓穴を掘ってしまったというのだから目も当てられない。

そこまでやらかした上にシュタインフェルト側が出してきた、イレーネを差し出せば少し譲歩してやろうという提案に飛びついて妹であるイレーネを差し出したのだから、恥知らずにも程がある。

これには普段イレーネと仕事をして彼女の貢献度を知っている貴族家はもちろんのこと、王太子寄りである貴族家すら引いていた、らしい。流石に顔には出していなかったようだが。

挙げ句、自分のせいでそうなったことなど見えなくなるほど高いところにある棚に上げて、イレーネ相手に下卑た顔でシュタインフェルト王国行きを告げたのだから、最早処置なしである。

自分の失態の尻拭いを妹に押しつけた上に、そのことに対してまるで責任を感じていない、むしろ自分のせいだとまるで理解していない様子を見せられて、貴族達はどう思っただろうか。そして、今後も変わらぬ忠誠を捧げてくれるだろうか。

考えるまでもないことだ、とイレーネはまた小さく溜息をつく。

ちなみに、王太子は周囲の空気にまったく気づいていなかったらしい。そんなことで今後の政権運営は大丈夫なのだろうかと思わなくもないが、最早考えるだけ無駄なのだろう、色々と。

「まさか、嫌がらせをして相手を蹴落とすことだけが政治だとか思ってないわよね……？」

ふと思い至った考えは、否定しようにもできない。彼女の前に出てきた王太子は、常に嫌がらせをしてイレーネを蹴落とすことしか考えていなかったから。もちろん王太子として様々な執務もこなしていたはずだが……彼本人がやっているかどうか、確認したことはない。

「……やめましょう、もう考えても仕方ないことだわ……国の人達が何とかするでしょう」

そうだといいな、という願望を口にして、イレーネはレーベンバルトについて、その王太子について考えるのはやめた。考えるだけ時間の無駄で、勿体ないのだから。

「わたくしは、今この場所で、わたくしがすべきことをするだけだわ」

そう自分に言い聞かせるようにつぶやけば、イレーネは布団に潜り込み、身体を横たえた。

そして、昨夜と同じくガストンからは距離を取り。昨夜と逆に、扉の方ではなく、ガストンの方を向いた。その背中は、イレーネの視線に気づいた様子もなく静かに動いている。

すぅ、すぅ、と聞こえてくるガストンの寝息。そういえば、随分と静かな寝息だ。こういった体格、外見の人間であれば、いびきに歯ぎしりと煩《うるさ》く、寝相も悪いものかと思っていたが、どうやらそれは偏見だったらしい。その逆で、ガストンの寝相は実に大人しく、こぢんまりとして、静かだ。きっと、彼が生きてきた人生が、環境が、彼をそうさせているのだろう。

そして。

こんなにこぢんまりと寝ているのに、彼はそれを窮屈に感じていないようだ。

「人の邪魔にならないこと、邪魔にならないようにすること……それが当たり前で、望んでいること、なのかしら」

ガストンは、自分が人より大柄であることを理解している。

人より遥かに力があることを理解している。

その上で、人の中にあることを望んでいる。

であれば、彼はそう生きるしかないし、そう生きることを願ってもいる、のかもしれない。まだ、わからないけれども。

「……だめね、夜にあれこれと考えるのは」

そうつぶやいて、イレーネは寝返りを打ち、ガストンに背中を向けた。……わかりたい、なんて思ってしまったのは、きっと夜の魔力のせいだ。きっと、明日の朝日を浴びれば消えてなくなるはず。そう思いながら、目をつぶる。

きっと、そうはならないだろうという予感を胸に抱きながら。

3 英雄と姫の新天地

こうして強力な助っ人を得たガストンは、書類仕事に敢然と立ち向かうようになった。

覚悟を決めたガストンの集中力は凄まじく、処理は一気に加速。大量の書類は見る間に減っていき、三日後には王都ですべき書類処理が全て終わっていた。

「お、終わった……奥様は女神様だ……」

とファビアンなどはイレーネに縋り付きそうになったところをマリーに引き剝がされたりなんて一幕があったりしつつ。

いよいよガストン達は、領地へと向かうことになった。

「……出立の準備が粗方終わってるのは、一体」

「はい、一昨日に奥様から、今日くらいに終わるだろうから準備しておくようにとご指示いただきまして」

不思議そうなガストンに答えるのは、メイド長のマーサ。

彼女はこの数日ですっかりイレーネに心服したらしく、実に誇らしげな顔。もちろんガストンも、自分が書類仕事に必死になっている間にそんな指示を出していたイレーネに感謝と感服の視線を向ける。

「確かに指示はいたしましたけれど、予想よりも随分と早く終わっております。流石は辺境伯軍におられた皆様、必要な荷物の選別と荷造りは手慣れてらっしゃいますね」

視線を向けられたイレーネが小さく微笑みながら言えば、マーサやメイドのアデラなど使用人達は一様に嬉しそうな照れ笑いを見せた。

そんな様子を見ているマリーは『流石イレーネ様』とイレーネの後ろでドヤ顔になりそうなのを堪えている。ここで自分が偉そうにして、折角イレーネが高めた彼女への支持を損なうわけにはいかない。それくらいの判断力と自制心はあるのだ。

そんな様子を見ていて、ガストンもどこか満足げだ。自分が言うまでもなく準備が整っていたことに対して……ではない。イレーネが自発的に動けていること、その結果、トルナーダ家の使用人達に受け入れられていることに対して、である。

国王から聞いていた話によれば、イレーネは随分と抑圧された環境で育ったらしいし、出会った当初、恐らくそうなのだろうと言動の端々から窺えた。だから初夜においても随分と張り詰めていたわけだが……それが、かなり薄れてきているように見える。それは、とても喜ばしいことに思えた。この分ならば、また新しい環境に移っても、きっと大丈夫だろう。

「よぉし、じゃあ出発は明日にして、今日の晩は壮行会にしようか！　肉と酒を用意しないとな！」

「何かあると大将はすぐそれだ。まあ、今日ばっかりは良いアイディアだと思いますけども！……あ、奥様はどう思われます？」

ガストンが言えば、同調しかけたファビアンが我に返ってイレーネへとお伺いを立てる。このトルナーダ子爵家の当主はガストンで、その彼が言っているにも拘《かか》わらず。もっとも、そのガストンも、はっとした顔になったと思えばイレーネの方を窺っているのだが。

二人の、いや、この場にいる全員の視線を受けたイレーネは、ぱちくりと一度瞬きをして、それから。

「ガストン様がそうおっしゃるのならば、よろしいのではないでしょうか。ただし、明日に残るほど羽目を外さないよう気をつけてくだされば、ですけれど」

若干苦笑気味になりながらも条件付きで承諾すれば、わぁ！　と使用人達もガストンも沸き上がる。すぐに彼ら彼女らは動き出し、酒の手配やご馳走の手配まであっという間。……その手慣れ具合を見るに、しょっちゅうこういうことはあるんだろうな、とイレーネが呆れ半分感心半分で見ているうちに、準備は進んでいった。

その夜は、上も下もないどんちゃん騒ぎ。イレーネやマリーからすれば初めて体験するその空気に、最初は戸惑い。やがて、『こういうものなのだろう』とだんだん受け入れ、アデラやマーサなど普段仕事で絡むことが多い使用人達を中心にある程度会話することもできた、はずである。

だからか、翌朝の出立の際、年齢のため王都のタウンハウスを維持する組として残ることになったマーサなどは涙ぐみながらイレーネに「どうかガストン坊ちゃまをよろしくお願いいたします」とまで言い出す始末。ガストンが「だから坊ちゃまはやめてくれと」と抗議するのをよそに、その涙に心打たれたイレーネはマーサの手を取って「わたくしのできる限りでもって支えます」と答え、互いに固い信頼の絆が結ばれたことを実感したのだった。

こうしてあたたかく送り出されたイレーネは、トルナーダ子爵領となった土地へと向かう馬車に乗っていた。

侍女であるマリーと二人で。

それも、外見こそシンプルなものの、乗ってみれば振動の少ない、かなり高級、というか高性能と思われる馬車に。ちなみに、同乗していてもおかしくないガストンは、馬車の室内が狭くなるからと馬に乗って馬車の横に護衛か何かのようについている。

「……今更だけれど、おかしいわね。わたくし、半ば人質のようなもののはずなのに、まったくそんな感覚がないわ」

「そうですねぇ……むしろレーベンバルトの王宮よりも呼吸がしやすいくらいですし」

おもむろにつぶやいたイレーネへと、マリーも頷いて返す。

何しろ王太子から目を付けられている王女イレーネとその侍女とあって王宮での扱いは悪く、針のむしろに座っているような気持ちで過ごしていたものだ。そこから敵国へと送り込まれるとなれば、同じかそれ以上に息苦しいもの、何なら身体の自由すら大幅に制限されるものと思っていたのだが、蓋を開けてみればこれである。

あれこれと意見を出し、指図しても疎まれず、むしろ喜ばれている。食事に至っては、今までと天と地ほどの違いと言って良い。

「姫様、こちらに来てから血色もよくなりましたし、健康的な雰囲気になってきましたものね」

「そう？　確かに、身体が軽くなった気はするのよね……動きやすくなったというか。食べ物の影響って、やっぱり大きいのね」

マリーがイレーネの顔を見ながら言えば、微笑みながら返すイレーネ。

書物などで読んだ知識として、その影響が大きいことは知っていた。ただ、この時代はまだまだ学問として研究されたわけでもなく、データの蓄積などもない。そのため、経験則としてのそれでしかなく、イレーネとしても『そんなものなのかな』程度の認識でしかなかったのだが……それが、自身の経験として改められた。

「食べ物の影響、纏めておくのも面白いかもしれないわね。ちょうどここに、都合の良い実験体がいるのだし」

「私ですか？　姫様のためならいくらでも身体を差し出しますけれども」

「違うわよ、わかって言ってるわね？　ああ、でも、マリーの記録もあると心強いわね」

冗談めかして言うマリーへと、苦笑しながら返して。それからイレーネは若干真面目な顔になる。

食べ物と身体の関係性は、確かにあるようだ。では、それが具体的にどう関係するのか。恐らくそれは、まだ解き明かされていない。

「……領民の食事情を改善して、その効果を検証する、とかだったら非道ではないわよね……？」

「姫様、それは私程度の頭では理解しきれませんし、お答えもできないのですが……食事情の改善だけを前に出せば、非難はされないかとは思います」

「まあ、そうなるわよね。そもそも、改善が必要な食事情なのかもわからないわけだし」

「数字を見る分には、改善の余地は多そうですけども」

王都で処理していた書類を思い出しながら、マリーは答える。

向かっている領地は、辺境伯領に隣接する地域。つまり、国境近くの辺境だ。元々大した産業もなく発展していないところに先だっての戦争、二人の故国であるレーベンバルト王国との争いにより治安も悪化している様子。

さらには魔獣が時折出没するらしく、その被害の影響も馬鹿にできないくらい出ている。それらの情報を元にすれば、恐らく子爵領となる地域は決して裕福ではないだろう。

「いずれにせよ、現地を見てから……何より、ガストン様の許可をいただけるかも大事だしね」

「それはそうですね。……姫様のおっしゃることなら大体許可しそうな気もしますけど」

思案げなイレーネに対して、マリーは若干投げやりだ。

王都での書類仕事を経て、ファビアンのような激しい反応こそなかったものの、ガストンもかなりイレーネに対して信頼を置きだしている。というか、依存しかけている。であれば、イレーネが言うことに対して拒否される可能性は極めて低いと言わざるを得ない。

「そうならいいのだけど。まあ、それもこれもまずは向こうに着いて現地を見てから、ね」

イレーネとて、信頼され始めていることは感じているものの。慎重な意見を述べるにとどめ、まだ見ぬ領地がある方向へと視線を向けるのだった。


そうして、馬車に揺られること数日。

「……このあたりは、大分道が悪くなってるわね……」

「そう、ですね……やはり、整備の人手が足りないのでは」

「それもあるのだろうけど……そもそも整備しようという意思が感じられないわね」

と、振動の少ない馬車に乗っていてなお、イレーネが断じてしまう程の道を乗り越えて。ついに、トルナーダ子爵領となる地方の、領都といっていい都市へ辿り着いた。

「これは……予想通りと言うべきでしょうか」

馬車から降りたマリーの感想に、イレーネも否定の言葉が出せない。

辺境伯領へと向かう街道の中継点であるはずのその街は、人口で言えば千人前後の規模。宿場町としては大きいが、領都としては小さい、そんな程度の街。それが、彼女達が辿り着いた領都だった。

「あ～、そういえばこんな街だったなぁ」

馬車から降りたイレーネ達の側へと馬を引きながらやってきたガストンが、まるで慌てた様子もなく言う。辺境伯領出身である彼であれば、確かにこの街に何度も来たことだろう。ただし、訪れた、ではなく、通過した、という意味で。

「ということは、ガストン様もあまり記憶に残っておられないということですか？」

「ああ、申し訳ないけど……全然印象に残ってないんだよなぁ」

「なるほど、そうですか」

住民が聞いていれば失礼極まりない会話をしながら、イレーネは周囲を見回す。領主の館となる屋敷はそれなりの規模ではあるが、あくまでもそれなり。街の規模に比べれば立派なものだが、子爵邸として考えたら少々心許《こころもと》ない。

それ以上に。

「お屋敷は立派ですが、手入れが不十分なようですね」

「そう、だなぁ……」

忖度《そんたく》ないイレーネの突っ込みにガストンが頷いてしまうくらいに、手入れが行き届いていなかった。

「すんません、俺達にも物理的限界ってものが」

「いいえ、流石にこの距離、この日程でこちらまで手を回すのは無理があるでしょうし」

使用人達を代表してファビアンが謝罪するも、イレーネは首を横に振る。王都の事務処理だなんだで人手をフルに使っていたのだ、こちらに手が回らないのはある意味当然のこと。

「強いて言うならば、人手を増やすという手がありましたが……ツテや資金の制約もありましたし」

「あ〜……すまねぇ、俺が使える資金も、まだまだ限られてるからなぁ」

イレーネが言えば、ガストンがガシガシと頭を掻きながら頭を下げる。

戦争の英雄であるガストンだが、元々は准男爵。国から支給される貴族年金は決して多くはなかった。これが子爵になり、領地を任され、となって予算が付く手筈になってはいるが、まだ使える段階には至っていない。つまり、准男爵時代の貯金で何とかするか、あるいは人から借りるか、しかないのである。

「それはそれで致し方ないところでしょう。幸い広さは十分ですし、外観や少々の使いにくさを我慢するだけかと」

「お、おう……俺はそれで全然構わないんだけども、あなたは大丈夫なのか？」

言うまでもなく、ガストンならば野宿経験もあるのだから、屋根と壁のある環境であれば十分である。しかし、王女として育ったはずのイレーネが平然とした顔で受け入れているのは、流石に周囲も驚いているのだが。

「ええ、大丈夫ですよ。わたくしも地方巡視の際などにはこういった環境で寝泊まりすることはございましたし」

「え。……え⁇　いや待ってくれ、行軍訓練とかでなく、巡視なんだよな？」

「大将、そもそも普通王女様は行軍訓練とかしないです」

ガストンの疑問にファビアンが突っ込みを入れるも、それに対して応じる余裕がない。何故、この人が、そんな環境で寝泊まりする羽目になったのか。それが、どうにも納得できないでいたのだが。

「まあ、わたくしは王太子殿下から疎まれていましたので、その不興を買うことを恐れてか、宿泊させてくれる貴族もそういませんでしたからね」

「は？　い、いや待ってくれ、王太子殿下ってつまり、あなたの兄だろう⁉」

「そうですね、血筋の上では。ただまあ、いわゆる家族と言えるかは……それこそ、一緒に食卓を囲んだ記憶がないですし」

冗談めかしてイレーネが笑う。

確かにそれは冗談めかしていたし、表情を見るに、彼女の傷にはなっていない。少なくとも、残ってはいないのだろう。

だがそれは、彼女が傷つかなかったということを意味しない。残念なことに、ガストンはそういったことには気づいてしまう類いの鋭さを持ち合わせてしまっていた。

「だ、だったら……あ、いや、ええと……うがぁぁ!!」

さらに残念なことに、気づいたはいいが、そこでうまいことを言えるような器用さはなかった。何かを言いたい、しかし、どう言葉にしたらいいかわからない。それが行きすぎた結果、ガストンは叫びを上げながら頭をかきむしるしかできなかった。

ただ。

「あらあら……あの、ガストン様、わたくしならば大丈夫ですよ? いえ、それでも気にされるのかもしれませんが……わたくしは、慣れておりますから、平気です」

ガストンの奇行、その裏にある思考を理解できる程度にイレーネは聡《さと》かった。そして、ガストンという男の心根も理解していた。だからこそ、安心させようと微笑みながら何でもないことのように言ったのだが。

「うおおおおお!! だ、だめだ、それが平気だなんて、だめだ!!」

むしろそれが引き金となって、ガストンは感情を爆発させた。

どう言葉にしたらいいかわからない。しかし、このままイレーネに飲み込ませ続け、我慢させ続けてはいけない。そのことだけはわかる。そしてそれは、こうして一緒にやってきた使用人達も同じだった。

「大将！　とにかくまずは屋敷を綺麗にしましょう！」

「窓全部開けて、風通して、埃落《ほこり》とすだけなら一時間もあれば！」

「まだ日は高いです、夕暮れまでには快適な環境にしてみせますぁ！」

ファビアンが、アデラが、その他の使用人達が次々に声を上げる。それも、今まで聞いたことがないくらいの力強さで。

「お、お待ちなさい。皆さん、今日は長旅で疲れているでしょう？　でしたら今日は休んで、掃除だとかは明日にでも……」

「「だめです！」」

長旅を終えたばかりで埃まみれの彼ら彼女らは、まさに一心同体とばかりに声を揃え反論してきた。王都にいた頃であればありえなかった光景に、イレーネは言葉を返すこともできず目をぱちくりと瞬かせる。

「この環境で奥様にお休みいただくだなんて、その方がよっぽど俺達が疲れます！」

「そうです！　きちんと掃除して、奥様が快適な空気の中お休みになられる状態でないと、気が休まりません！」

「むしろこの状況で休めって方が心と体に毒です！」

口々に、ファビアンを始めとする使用人達が言い返してくる。その光景は、見慣れないものであり。同時に、イレーネの胸と涙腺《るいせん》を刺激した。

「み、皆さん、そんなことを言われたら、わたくしはどんな顔をすればいいのか……」

浮かんできた涙を指で払いながらイレーネが言えば、皆言葉に詰まる。マリーでさえもかける言葉が見つからなかったのだが。

「笑えばいいんだ。笑いながら『ありがとう』って言えば、俺達はそれで十分だ」

「ガストン様……」

思わぬ人からの思わぬ言葉に、イレーネは何も言えなくなる。

笑えばいいだなんて、今まで言われたことがなかった。むしろ、兄であるはずの王太子からは、笑った顔が不愉快だとまで言われたのだが。ここでは、違う。何もかもが。

改めてそれを理解して、胸が熱くなり。

「……ん？　あの、ガストン様？『俺達』、とは……？」

と、我に返ったイレーネが見たのは、使用人達に交じって腕まくりをしているガストンだった。

「あ、あの、ガストン様!?　まさか、あなたまで働かれるおつもりですか!?」

「ん？　もちろんだ、多分俺が一番元気だしなぁ」

慌てて放たれたイレーネの問いに返ってきたのは、さも当然という返事。ついで聞こえてくる「違いない！」だとか「結局大将が一番働くんだからなぁ！」などという声。

考えてみれば、ガストンは辺境伯軍に所属していたのだ、であれば行軍に際しての様々な作業だってしてきたことだろう。だがそれは、彼が准男爵、つまり貴族の中でもかなり下、半分平民と言ってもいい身分だった頃の話。今や子爵となって、この地域の領主となったというのに。

「そんじゃまぁ、さっさと屋敷を綺麗にしちまうかぁ！」

彼は、変わらず先頭に立って人々を率いて。

「うっしゃぁ！　やったりますかぁ！」

だからこそ、使用人達は意気揚々と彼の後に続く。

ああ。これこそが、彼の本当の力なのだ。

何故か不意に、すとんとそんなことが胸の奥に落ちてきて、イレーネは微笑みながら、滲《にじ》んできた涙をまた指で払った。


結局屋敷の大掃除は、日が傾き始めた頃にはきっちりと終わっていた。ガストンは言うまでもなく、ファビアンもアデラもその他の面々も通常の1・5倍以上の能率で掃除を実行。イレーネが使う予定の部屋の掃除がされれば、侍女のマリーがてきぱきとベッドメイキングをし、衣装をクローゼットに仕舞いと大忙し。

「……わたくし一人が何もしてないような気がするのだけれど」

「いいんです、姫様は頭脳労働担当なんですから」

申し訳のなさに小さくなってしまいそうになるも、イレーネに甘いマリーは全肯定。もちろん納得などできはしないが、しかし掃除だとか片付けだとかの肉体労働でイレーネが役に立たないのは事実なので、部屋の隅で邪魔にならないよう大人しくしているしかない。

そして、イレーネが大人しくしていたからか、彼女のためにと全員が奮起したからか。予定よりもかなり早めに掃除が終わり、全員がいい顔で玄関ホールに集合していた。

「よ〜し皆、ご苦労！　おかげで屋敷の中も綺麗になって、ぐっすり眠れるってもんだ！」

「「おお〜！」」

ガストンが言えば、聞いていた使用人達も声を上げる。その雰囲気は、貴族家のものというよりは軍隊の訓示のよう。武人であるガストンと辺境伯軍出身の使用人達なのだ、そうなってしまうのも仕方がないのかもしれないが。

「皆さん、本当にお疲れ様でした。それから、その……ありがとう、ございます」

イレーネがはにかむように笑いながら礼を言い、頭を下げれば、あちこちで息を呑む気配がしたり「ぐぅっ」だとか「はうっ」だとか心臓を押さえる人間が続出し、全員が揃いも揃って締まりのない顔になってしまった。

もちろんその中にはガストンもいて。思わず顔を赤くした彼は、視線を逸らしてゴホンゴホンとわざとらしい咳払いを数回。何とか落ち着きを取り戻した彼は、改めて使用人達に向き直る。

「で、晩飯なんだが、今日はみんな疲れてるだろうから、簡単に食えて美味いもんにしようと思う！」

「ってことは、あれですかい!?」

『あれ』が何を指すのかわかっているらしい使用人達は、一斉に盛り上がる。

ただ二人、知らないイレーネとマリーは、その盛り上がりについていけないでいた。

「あの、ガストン様。『あれ』とはなんでしょう？」

「ああ、うちじゃこういう時の定番があってなぁ。そうだ、あなた達にも覚えてもらわないとなぁ」

問いかければ、ニコニコ顔で答えるガストン。イレーネは何となく直感した。これは、肉だ、と。

そしてそれは、当たっていた。

「ちょっとちょっと、何先に盛り上がってんすか、荷物運ぶの手伝ってくださいよ！」

玄関向こうから入ってきながら文句を言ってきたのは、ファビアンである。見れば、その向こうには大量の荷物とそれを運んできたと見える街の住民らしき男達の姿があった。

「おう、すまんすまん。んじゃ、男衆は何人か手伝ってやってくれ！」

「イエス、サー!!」

筋骨隆々な男達が数人、ガストンの号令に対して直立不動の敬礼を見せ、それに対してガストンが答礼を返せば、すぐに彼らは外へと駆け出し、荷物を運び出した。

「あの方向は、中庭……？　ということは、外でバーベキューのように？」

「お、流石にわかっちまうか。細かいことを気にしなきゃ、焼くだけだからなぁ。肉の切り出しは俺がやればすぐに終わるし」

「なるほど。……え？　ま、まだ働くおつもりですか？」

力仕事で大活躍していたガストンだが、本来はこの屋敷の主である。どんと腰を下ろして、運ばれてくるものを食べているだけでも文句を言われないはずなのだが。

「だってなぁ、豚を一頭丸ごと持ってきてもらってるはずだから、俺がやるのが一番早いし」

「はい？　な、何故、豚を一頭丸ごと……？」

「いやぁ、その方が安いし、それくらい要るし」

「はい……？」

返ってきた答えに、イレーネの目が点になる。

ちなみに、標準的な豚一頭で精肉が50kg弱、食べられる内臓肉が10kg前後になるという。約60kgを仮に十五人で割ったとして、一人当たり4kg。

「……ガストン様が十人くらいいらしたら、それくらい必要そうですが……」

「はっはっは、俺が十人だったら、それくらいじゃ足りないぞぅ！」

「自慢げに言うことではないですよ……？」

楽しげに笑うガストンの、腹部あたりをつい見てしまうイレーヌ。確かに太くはあるが、しかし筋肉で引き締まっているのか、膨らんだりはしていない。

食事の度に思うのだが、どうしてあれだけの量を食べて平気なのか。太らないという意味も含めて。それだけエネルギーを使っている、ということでもあるのだろうが。

「ま、俺が一番食うのは間違いないから、その分も働かないとな！」

「そうそう、それに大将がやってくれないと、名物も食べられないですしねぇ！」

と、荷物を持って通りかかった使用人の一人が言う。

「名物、ですか？」

もちろん知らないイレーネとマリーは首を傾げ。そんな彼女達に、ガストンと使用人はにんまりと悪戯小僧のような笑みを見せる。

「それは見てのお楽しみにしてほしいところですな！」

「そうだな、見りゃわかるしな！」

二人してそんなことを言われ、謎は深まるばかり。

バーベキューで見てのお楽しみ、つまりアトラクションのような出し物があるのだろうかとまで考えて、しかし即座にイレーネは首を振ってその考えを否定した。あのガストンが、食べ物で遊ぶはずがない。ましてそれが、肉であれば。

「あ、用意できましたよガストン様、奥様！　マリー様も早く早く！」

頭を悩ませていたところにアデラが呼びに来たため、イレーネは思考を打ち切った。

考えても答えは出ないいし、どうせすぐに答えはわかる。そう切り替えたイレーネとマリーが中庭に出れば……ふわり、秋の香りがした。夏も終わり、暑さが薄れ涼しくなってきた空気の中に流れる、木や炭が焼ける儚げな煙の匂い。初めて経験するはずなのに、何故かイレーネはそれらに秋を感じてしまう。この空気の中、外での飲食。

「……マリー、わたくし、少し浮かれてしまいそうなのだけれど、おかしいかしら」

「いえ、私もちょっと、なんだかワクワクしてきました」

バーベキューなど初めてである主従は、そんなことを言い合いながら、アデラに案内された席についた。いわば主賓席とも言えるそこからは、人々が思い思いに談笑している様子がよく見える。

「……使用人達だけでなく、街の人も呼んだのね？」

「はい、荷物を運んでくれた人や豚を締めてくれた人を労《ねぎら》ってやれってガストン様が。後、街の役人とかもですね」

「なるほど、それで。……あの方らしいと言えばらしいわね」

アデラの説明に、イレーネは思わずくすりと笑ってしまう。食卓を囲めば家族、仲間。そんな主義を持つガストンであれば、こうしてバーベキューに呼ぶことで仲間に引き入れようとするのも自然なこと。まあ、単に人が多い方が楽しいだとか単純な理由もあるかもしれないが。

「よぉし、それじゃ始めるかぁ！」

「「おお～！」」

「お、おお～……？」

ガストンのかけ声に、盛り上がる使用人一同。遅れて、合わせようとする街の人々。何故かイレーネが申し訳ない気分になってしまう中、宴が始まっていく。

「そんじゃまずは、肉だ！」

「え？」

設置された調理台になるテーブルの上に大きなまな板らしきもの、その前にガストンが陣取る。そしてそのまな板の上に、皮を剥かれた豚が一頭丸ごと置かれ。

「よいさぁ！」

ガストンが大振りな包丁を操れば、すっぱりと肉の塊が切り離される。そして左手一本で豚の身体をグルグルと動かしながら、スパスパ包丁を振るい、次々切り分けていった。その豪快な光景に、使用人達は大盛り上がりである。

「……嘘でしょ……？　あんな大きな物体を、片手で転がしてる……？」

その光景を、イレーネは呆然とした顔で眺めるしかできない。

成長した豚は、大体１００kgから１１０kg程度。そんな重たいものを時に片手で吊り下げながら解体するなど、普通の人間ができる所業ではない。

「そもそも姫様、普通、肉はあんなにスパスパ切れません」

「え、そうなの？　でも、紙を切るみたいにスパスパいってるわよ？」

調理したことのあるマリーが言えば、したことのないイレーネが不思議そうに小首を傾げる。いや、肉を運んできた男達も呆気に取られた顔をしているのだ、恐らくそうなのだろう。

「一体どういうことなの……あの包丁がよっぽど鋭いの？　それともガストン様がとんでもないの？」

「包丁もあるのでしょうが、ほぼほぼ間違いなく大体ガストン様が原因だと思います……」

いくらガストンが破格な戦士だからといって、そんなことがあるものだろうか。いや、実際目の前で行われているのだから、あるとしか言いようがないのだが。

などと言い合いながら現実として受け入れがたい二人の目の前で、いつの間にやら解体は終わりを迎えていた。こうして切り分けられた豚肉は、流石にその後は料理人だとかがさらに細かく切り分けて、調理に回される。

「ほんとは塊肉に塩すり込んで、炭火でじっくり火を通したかったんですけどねぇ、流石に今日は塩が回る時間が足りないんで！」

と料理人の一人が言っていたが、料理に疎いイレーネには意味が通じなかった。マリーが詳しく聞いた話によれば、塊肉は金串をぶすぶすと幾度も刺してからその穴に塩をすり込むことで、中まで塩味がつくらしい。ただ、中まで塩味が届くのに時間がかかるのだとか。また、塩味が十分に行き渡ることを彼は『塩が回る』と表現していて、ちゃんと塩が回った肉は少し性質が変化しており、生の肉と焼いた時の食感や味が違うのだという。

「焼いた後に塩を付けて食べれば同じだと思っていたわ……」

「私もです……だからああやって分けてるんですねぇ」

料理をしたことのないイレーネと、経験の少ないマリーが小声で言い交わしながら見ている先では、早速肉が焼かれていた。かと思えばその横で料理人が、薄めに切った肉に塩やハーブを揉み込んでいる。

「なるほど、これ以上待たせないために先に焼くお肉と、後から出す手を加えたお肉とに分けているわけね」

「バーベキューっていう豪快な調理法なのに、そういう気配りもしているんですねぇ」

感心している二人の目の前で、焼かれた肉が盛られた皿とワインやエールの入ったグラスが配膳されていく。炭で焼かれたからだろうか、随分と食欲をそそる匂いが鼻をくすぐってきた。配膳、といってもテーブルに着いているのはイレーネとマリー、招かれた客となっている街の住民達くらいのもの。使用人達は立ったままだったり椅子だけ持ち出していたり。こういった野外での食事には、随分と慣れているようだ。

「よーし、そんじゃ皆、肉と酒は行き渡ったな？　今日はお疲れだ、じゃんじゃん飲んで食べて、疲れを癒やしてくれ！　乾杯！」

随分と簡潔な挨拶の後にガストンがジョッキを掲げれば、全員が……いや、短かすぎる挨拶に戸惑って一瞬遅れた街の住民達が若干ずれて、「乾杯」と唱和する。

それから、グビグビと一気に喉へと流し込むガストンと使用人達。一口、二口程度で唇を湿らせる街の住民達とは随分な違いである。言うまでもなく、あまり強くないイレーネもこちら側だ。

口にした赤ワインは、急ぎで調達してきたからか、決して上等なものではない上に今年の新酒で、熟成がほとんどされていないという若い、若すぎるくらいのものなのだが……だからこそ秋の夕暮れに外で飲むにはその熟れていない軽さが収穫の喜びを感じさせて心地よい。

ほのかに香りが残っているところへ小さく切った豚肉を放り込めば、炭の匂いと混じり合って新しい香りへと変わった。なるほど『炭で焼く』というのは、それだけで一種の調味料になるのかもしれない。

「あちらの、薪《まき》で焼いてる方もまた味が違うのかしら」

「かもしれないですね、後でもらってきましょうか」

などと言い合うイレーネとマリーの目の前では、既に肉を食べ終わった面々がバーベキューグリルの前に列を成していた。長旅の上に大掃除までしたのだ、それはお腹も空いていることだろう、と微笑ましく見ていたのだが。

「あら？」

と、イレーネは小首を傾げた。おかわりを待つ列の中に、いるはずの人がいない。

そう、ガストンである。

お腹の調子でも悪いのだろうか、とガストンを探して周囲を見れば、隅の方で何やら作業をしているのが見えた。

「あの、ガストン様？　お肉は、よろしいのですか？」

歩み寄って声をかければ、近づく気配に気づいていたのか、驚いた風もなくガストンが顔を上げる。

「ああ、よくはないんだが、その前にやっとかないといけないことがあるからなぁ」

「やっておかないといけないこと……あら、これは……内臓、ですか？　それにこれは……牛乳？」

イレーネの視線の先には、水の張られた桶《おけ》に浸かった内臓と、その脇に置いてある牛乳の入った桶と水の入った桶がいくつか。ちなみにイレーネもマリーも、この程度のグロ耐性はあるようである。

これで料理でもするのだろうか、と小首を傾げ覗き込んでいたのだが。

「あ、あまり近づかない方がいいぞ、今洗ってるとこだから」

「洗ってる、って、ガストン様が、ですか？　確かに内臓肉はいかに丁寧に洗うかが大事と聞いたことがありますが……。しかし、そうなるとそちらの牛乳は？」

「内臓の汚れってのが、水だけじゃ良く落ちなくて、匂いが残りやすいんだ。だけど、なんでか牛乳で洗うと水よりも良く落ちてなぁ。ちょいと勿体ないけど、まあ仕方ない」

「そうなのですか？　それは流石に、初めて聞きましたわね……」

などと会話をしている間にも、大きめのボウルに牛乳で肝臓をつけ込んだり、とガストンが作業する手は止まらない。きっと、何度もこうして内臓の下処理をしてきたのだろう。それも、部下達を労うために。と、いうことは。

「……もしかして、先程おっしゃっていた『名物』とは、内臓料理、ですか？」

「おっ、正解だ！　まさか当てられるとは思わなかったなぁ」

イレーネの確認するような問いかけに、ガストンは上機嫌で頷いて返す。

まさか、というのも当然で、この国でもやはり内臓肉は低級なものであり、主に庶民が食べるものである。おまけに保存技術もろくにないので鮮度が落ちやすく、まともな品質のものは業者くらいしか食べられない。つまり、普通は労うためのご馳走に使われるようなものではないのだ。普通であれば。

「ああ、なるほど。一頭丸ごと買い取っているから、今日締めたばかりの豚が、内臓ともども手に入る、と。それであれば、手間はかかりますが、わたくし達でも新鮮な内臓肉を食べられますね」

納得したような、感心したような顔で頷くイレーネ。ただし、めちゃくちゃ手間はかかるが。その手間をこの男が引き受けることで、なんてことはないように思えてしまうだけで。

「……これ以上のもてなし、労いもそうそうないでしょうね……まさに『ご馳走』です」

「はは、そんなに褒めるなよぉ」

「これは、褒めているのかいないのか、自分でも良くわからないのですが」

「いいんだ、俺としては褒め言葉に聞こえるから！」

笑い飛ばしながら、ガストンは桶の水を替え、じゃぶじゃぶと洗い出した。どうやら洗い終わって最後のすすぎに入ったらしい。こうして見ると、彼一人がやっているのも頷けてしまう。何しろ作業が速くて正確なのだ、これだけ会話をしながらであっても。

全ての内臓肉をすすぎ終わり、絞った布巾で水気も拭って、どうやら準備が終わったらしい。いよいよこれから調理、なのだろうが。

「はて。内臓肉と言えば煮込み料理かと思いますが、今から煮込むのですか？」

バーベキューグリルの方を見れば、まだまだ肉は残っている。だが、時に数時間煮込むこともある内臓の煮込みが終わるまでには、とても残っていないだろう。どうするつもりなのか、とガストンを見れば。

「いや、違うんだ。実はな、これから見せるのも『名物』のうちなんだ」

「見せる？　先程の解体のように、ですか？」

「おう、流石話がはやいな、その通り！　ま、見ててくれよ！」

和やかな顔で笑いながら、ガストンはひょいっと桶を持ち上げた。10kg弱の内臓肉が入った、木の桶を。……先程の解体ショーを見た後では、もうそれも当たり前にしか見えなくなってしまっていた。

そして彼が、再び先程の調理台へと戻ってくれば、それに気づいた使用人達がまた盛り上がりだした。

「おっ！　大将、いよいよあれですかい!?」

「おうともさ、例のやつ、いくぞ！」

「待ってました！」

周囲の反応を見るに、これは一種の恒例行事なのだろう。さてどんなものか、とじっくり観察すれば、既に調理台の上には肉が載っていた。

「あれは……何やら白っぽいけれど、何かしら」

「あ、多分あれ、すじ肉ですね。硬くてとてもかみ切れないですけど、煮込めば美味しいって聞きますね」

「……ということは、あれも内臓肉と同じように、長時間煮込まないといけないはずよね？」

マリーに言われ、イレーネはまた首を傾げる。

長時間煮込まないといけないはずの内臓肉とすじ肉。それらを使って、ガストンは果たして何を作ろうというのか。

と、興味を引かれて見ていたイレーネの視線の先で、ガストンは包丁を取り出した。それも、二本。

「え、包丁二本って、まさか」

「知っているの？　マリー」

「あ、はい、多分、ですけど……お肉を叩くのではないかと」

「叩く？」

はて、包丁の峰の方で叩くのだろうか、と怪訝に思っていれば、ガストンがさっそくサクサクとすじ肉を切り分けだす。

「いやいや、だからなんですじ肉がそんな簡単に切れるんですか!?」

「そうよねぇ、硬いはずだものねぇ……」

すじ肉に触ったことがあるから実感の伴った声で言うマリーと、知らないからふんわりとした声しか出ないイレーネ。

そんな二人が見ている前で、ガストンはある程度にすじ肉を切り分けたところで、二本の包丁を握り直し。その二本の包丁で、リズミカルに調理台を叩きだした。もちろん正確には、その上に置かれているすじ肉を、だが。

トトトトトと軽やかに響く音は、さながら打楽器か何かのよう。そうして包丁が交互に打ち付けられていけば、すじ肉がどんどん細かく、ミンチ状になっていく。

「ああなるほど、文字通り叩いているわね……挽肉《ひきにく》って、ああやって作るものだったの？」

「専用の器具もありますけど、ああやって作ることは少なくないです。ただ、普通はあんな風にサクサクはいかないんじゃないかと……」

マリーの目には、ガストンが作っている挽肉は、普通の挽肉に見えなかった。恐ろしく細かな細切れであって、肉が潰れていない。どうしたらそんなことができるのかわからないが。

「そう、普通じゃないんすよね～。だからあれは、大将がするしかないんすよ」

と、ガストンの包丁捌きに見入っている二人に横から声をかけてきたのは、ファビアンだった。二人が振り返ったのを見れば、手にしたグラスを差し出してくる。

そういえば、ガストンの技巧に見入っていたせいか少々喉が渇いているような。ファビアンに礼を言いながらイレーネとマリーがグラスを受け取ると、彼はいつものお調子者な笑みを見せながら説明を続けた。

「どうも、如何に肉を潰さずに細かくするかが大事らしくってですねぇ。それが一番うまいのが大将なもんで、いつもああしてやってくれるわけなんですよ」

「ということは、すじ肉だけでなく内臓肉も同じように、ですか？」

「その通りです。そうやってできた大量の挽肉で作るのが、我が辺境伯軍名物『挽肉ステーキ』ってわけです」

胸を張りながら言うファビアンは実に誇らしげで。同時に、ちらちらと調理台に向かう視線が、早く食べたいと訴えているようでもあった。

『挽肉ステーキ』……そういえば、東方の遊牧民がそういった料理を食べると聞いたことがあるような」

「流石奥様、よくご存じで！　彼らは馬をたくさん引き連れて部族ごと移動するらしくってですね。そうすると、当然途中で潰れる馬もいるわけで……その身体を、いただくらしいんですよ。ただ、移動で酷使された体は筋張って硬いんで、それを食べやすくする工夫として生まれたみたいで」

「なるほど、生活に根ざした文化、ということですね。ああ、だから辺境伯軍で……」

「そういうことです。こう言ってはなんですけど、俺らは多分、国で一番、潰れた馬が身近な連中ですからねぇ」

イレーネが何かを察した顔で言えば、ファビアンはいつものヘラリと笑った顔で頷いた。

聞こえてくるガストンが肉を叩く一定のリズムを保った音が、ファビアンの表情を一層浮き彫りにした気がする。……いつもと同じ顔、のはずなのだが。僅かに影が落ちたように思うのは、焚き火の明かりのせいだろうか、それとも何かを思い出したからだろうか。

ガストンの従者である彼は、ガストンが乗る馬の世話もすることだろう。もしも世話をする馬が死んでしまったら。その心情は、推し量ることしかできないけれども。

「まあ、潰れた馬を野ざらしにして獣に食い散らかされるよりはずっとましですし。それにね、そうすることにしてから、うちは一段と強くなったなんて言われるんですよ。馬を潰さないために輸送や戦略面から考え直したりした、らしいです。潰れないように移動できるようになったら今度は、現場の人間が『勝てば死なせずに済む！』とか奮起しちゃいましてね～」

「な、なるほど……だからシュタインフェルトの騎兵は比類なき強さになっている、と」

ペラペラと立て板に水とばかりにファビアンがしゃべるのは、彼が過去に負った痛みを見せないためだろうか。しかもまた、詮索する気が起きないというか逸らされるくらいに彼の話は興味深い。

イレーネ自身は、もちろん戦場に立ったことはない。だが、それでも聞こえてくる程にシュタインフェルトの騎兵は精強だという。恐らくその大半は、辺境伯軍の騎兵だったのだろう。辺境伯軍の練度はここの使用人達から窺えるが、そんな精兵達が、疲労の少ない状態で戦場に到達できていたとしたら。

イレーネは、彼女の祖国レーベンバルト王国が兵や馬の疲労や負担を考えて移動計画を立てていただろうかと思い返すが……小さく首を横に振った。なるほどこれは負けるはずだ、と、イレーネはもう何度目になるかわからない感慨を抱く。

しかし、そうなると。ふと思い当たったことに、小首を傾げた。

「いいのですか、ファビアンさん。今のお話、戦略上かなり重要に思いましたが……わたくしがレーベンバルトに伝えるのではとか考えませんでしたか？　いえ、伝えるつもりはありませんし、そもそも伝えても、真似ることなどできないでしょうけれども」

言いながら、故国の騎士達のことを思い出す。お高くとまっている彼らにとって馬は道具でしかなく、世話は従者だとか使用人任せな者がほとんど。そんな彼らが、潰れた馬の、さらに筋張った肉を叩いて作った挽肉ステーキなど、口にしようとはしないだろう。仮に食べたとしても、こんな厳《おごそ》かな感情など抱かないに違いない。まして、自分達で作るなど。

色々と複雑なものを感じてしまっているイレーネの顔を、一瞬だけファビアンは真剣な目で見て。それから、いつものヘラリとした顔に戻った。

「大丈夫でしょ、多分。奥様ならそのあたりよくおわかりでしょうし」

「そうですか？　そう言っていただけるなら、わたくしとしても嬉しいですが」

イレーネが見るに、ファビアンはガストンの従者で、様々な面での補佐を行っている。それは恐らく、お人好しなガストンの懐の甘さを補うことも含めて。その彼のお眼鏡に適ったというのなら、それは歓迎すべきことではある。

少し重くなりかけた空気を入れ換えるかのように、ポン、とファビアンは軽く手を打ち合わせた。

「ま、そういう訳で『挽肉ステーキ』が辺境伯軍のメニューに加わり、別に馬に限らなくてもいいだろうってことで豚や牛も同じようにして食べるようになったわけです。なんせ内臓やすじ肉をゆっくりじっくり煮込む時間も燃料もないですからね、戦場近くだと」

「なるほど、それは、そうでしょうね……色々な意味で合理的な文化なわけですね、あれは」

そう言いながら調理台へと向けたイレーネの視線の先では、ガストンが内臓肉を粗方叩き終わったところだった。それらの挽肉を、料理人達が複数の金属ボウルに取り分けていく。

「ちなみに、どの部位をどれだけ入れるかとかで味がかなり変わるみたいなんですよ。おかげで、まったく同じ味には二度と出会えないのが面白いところでもあるんですけど」

「……面白い。なるほど、そういう捉え方もあるのですね……。王宮料理などは、気象条件などに関係なく同じ味を出せるよう指導されると聞くのですが、確かにこの料理はその対極にありそうです」

王族を相手にする王宮料理の場合、王族がどんな味を望むかが最優先される。少なくともレーベンバルト王国ではそうだった。料理人が勝手に新しい味を試すなどとんでもなく、まして意図せず味が変わるなど論外だろう。

だがそれは、新しい出会いや意外な発見がない、ということでもあって。

「奥様は、そういった料理はお嫌いですか？」

「いえ、好き嫌いをどうこう言える環境ではありませんでしたし、今こうして見ていると、楽しみなくらいです。知らないことを知ることができるのは、きっと貴重な経験でしょう」

ファビアンに答えながら、思う。

故国レーベンバルトに足りなかったのは、きっとそんな姿勢だ。特に兄である王太子は、自分が知らないと思われることが許せない性格だった。それはきっと、自信や余裕のなさの裏返しだったのだろう。

「……少し、愉快かもしれません。きっとレーベンバルトの人間は、わたくしが今から食べる『挽肉ステーキ』の味を知らない。わたくしとマリーだけが知ることになる、というのは、少々優越感のようなものを感じます」

「あはは、そう言っていただけるのは嬉しいですね！　なんせ繊細さとは程遠い庶民料理ですし。いや、この場合は軍隊料理って言うべきですかね？」

「軍隊料理と聞いて、わたくしが思い浮かべるものとはまるで違いますけれども。しかし、確かに軍隊の料理として理に適ってもいますからね」

見れば、料理人達が挽肉に塩とハーブを振り、練り込むように混ぜていく。塩が肉に作用して粘り気を生み、挽肉が徐々に一塊になっていく様は、現象を知識としては知っていても不思議な光景だ。そうして下準備が終われば、平たく成形したものを網に並べて炭火へ。あるいは二本の串を包むようにして棒状に形を作り、焚き火の側へ。様々な形で挽肉ステーキが焼き上げられていく。

「わ……匂いがこっちにまで漂ってきました」

「そうね、これは随分と……個性的だけど、食欲も刺激されるわね……」

マリーが言えば、イレーネも少し意識して鼻から空気を吸う。

新鮮な内臓肉を素早く丁寧に処理したとはいえ、それでも臭みは残る。それがハーブと混じり合い、炭や薪の香りが上乗せされれば、身体の奥底、生命に訴えかけてくるような何とも力強い匂いへと変わっていた。

「これ……絶対美味しいですよね？」

「もう匂いだけで美味しいと確信してしまってるわ……考えてみれば、そもそもこれだけ匂いの強い料理なんて食べたことあったかしら」

イレーネが思い出すのは、故国の食事。素材の味を大事にする薄い塩味、と言えば聞こえはいいが……いや、それでも良くはないが。くたくたに煮られた野菜入りスープがほとんどで、パンだけは焼きたてを食べられていたが、それは使用人も同じこと。

むしろ一番香りが強かったのはパンだったような記憶すらある。ちなみに、その次に匂いが強かったのはナイフ使いの練習に使った粘土である。

イレーネは、テーブルマナーの練習ですら、本物の肉を出されることが稀《まれ》だった。もちろんそれは王太子の嫌がらせだったのだが……結果、粘土で猛練習を重ねたイレーネの方が上手にナイフとフォークを扱っていたため、とある晩餐会で王太子が赤っ恥を掻く羽目になったこともあった。それを逆恨みした王太子からさらに疎まれるようにもなったが、あれはあれでイレーネ的にはいい経験になっている。

と、思わず昔を振り返っていたところで、こちらにやってくる人の気配を感じてイレーネは意識を戻した。

「あ、お疲れ様です、ガストン様」

「おう、ありがと。どうだ、楽しんでるか？」

「ええ、とても。こうして外で食事をするということ自体が滅多にないことですが……ガストン様のお肉を叩く様子なども、とても興味深く拝見しました」

「あはは、そっか、良かった。……貴族のお嬢さんはああいうの苦手な人が多いんだろうが、あなたは大丈夫じゃないかと思ったんだ」

イレーネが微笑みながら労えば、ガストンも楽しげに笑う。

……今のこの空気ならば、少しくらい意地悪を言ってもいいだろうか、なんてことが、ふとイレーネの脳裏をよぎった。

「あら、それはわたくしの肝が太いですとか、そういうことをおっしゃりたいので？」

「うえええ!?　ち、違うぞ、そういうことじゃなくてだな!?」

予想通り覿面《てきめん》に慌てるガストンに、イレーネは堪えきれずくすくすと笑ってしまう。

「ふふ、冗談です、冗談。たまにはこういうやり取りもよくないですか？」

口元に手を当てながら、少しばかり上目遣いで。そんな仕草で笑うイレーネは、何だかとても新鮮で。

「か、勘弁してくれよ、まったく……」

からかわれたせいか、それ以外か。顔を真っ赤にしたガストンは、困ったようにガシガシと頭を搔くのだった。

そうやってガストンとイレーネが談笑している間に挽肉ステーキが焼き上がったらしい。まずは網の上で炭火焼きされたものがガストン、イレーネへと配膳され、それから招かれた客である街の人々の前にも置かれていく。

「そんじゃ、配られたら早速食べちまってくれ！　やっぱり焼きたてが一番美味いからな！」

と豪快な声で客人達を促したガストンは、自身もかなり大きなステーキにナイフを入れた。

それを見たイレーネは、なるほど、と感心する。貴族であり領主であるガストンにまず配膳するのは当然のこと。そして、後から客に配膳し、それが終わったらすぐに食べることを促す。

当然、後に配膳された客人達の方がステーキは熱々であり、それをすぐに食べられることはなかなかのもてなしと言って良い。それも、マナーに反しない形になっているのだ、心置きなく食べることができるだろう。実際、ガストンがナイフを入れたのを見た一人が、釣られたように……あるいは、匂いに誘われて我慢できなくなったかのようにナイフを手にし、ステーキを切り分けた。

その様子をあまりじっくり観察するのも失礼かと思い、イレーネは自身の皿へと視線を移し、ナイフとフォークを手にする。

そしてナイフを挽肉ステーキに当ててまず感じたのは、弾力。普通に焼いた肉よりも柔らかそうなのに、跳ね返そうとする力が妙に強い。しかし、ナイフを滑らせれば、拒絶することなく刃が飲み込まれていく。すると、中から肉汁が溢れ出してきて、皿の上に広がっていく。

何だか、勿体ない。

そんなちょっとはしたないことを思いながら、一口サイズに切り分けた挽肉ステーキを口に運ぶ。やはり感じるのは、肉の弾力。これを生み出しているのは、丁寧に叩かれたすじ肉だろうか。ぐ、と噛みしめれば確かな噛み応えを生み、しかし、すぐに崩れていく。すると舌には肉汁の濃厚な旨味が広がり、鼻腔へと肉とハーブの入り交じった匂いが抜けていく。

もうそれだけで満足してしまいそうだというのに、ぎゅ、ぎゅ、と幾度も噛みしめれば肉そのものの旨味まで舌に襲いかかってきた。脂《あぶら》の乗った小腸や大腸、独特な濃厚さを持つレバー、使い込まれた筋肉だからこその旨味を秘めたすじ肉。

様々な個性の内臓肉とすじ肉が、叩かれて挽肉にされたが故に噛み切りにくさという邪魔ものがなくなり、その本来の旨味をこれでもかと叩きつけてくる。

じっくりと咀嚼して味わえば、それだけで口の中が肉の味わいに支配され。そこに軽めの赤ワインを含めば、程よい渋みが肉の脂を軽くし、それでいてまた別の旨味へと変えていく。なるほど、肉に合わせるのは赤ワインが良い、とされるのはこういうことかとイレーネは納得してしまう。

もちろんそれだけで満足するわけもなく、挽肉ステーキを切り分けて、もう一口。赤ワインの残り香の上に肉の香りが乗って、先程とは違った風味が舌を、鼻をくすぐっていく。じっくりと味わった後に飲み込めば、今度は胃の奥に温かいものが届いた感覚。そこから、じわじわと身体の中に何か力強さを感じるものが染みこんでくるようにすら思う。

「はぁ……これは、何と言いますか……美味しい、という一言だけではとても表現できません。しかし、どう表現したものかもわからないですね……わたくしの語彙《ごい》の中にない感覚と言いますか」

「あはは、美味い、だけで十分だと思うけどな！　まあでも、そうやって言葉を尽くそうとしてくれるのは、作った奴も嬉しいんじゃないかな」

楽しげに言うガストンが、ぐいっとエールの入ったジョッキを傾けた。……先程までいっぱいに入っていたはずのそれが、あっという間に空になる。まるで手品か何かのようになくなったエールに、イレーネは思わず幾度か瞬きをしてしまい。それから、こほんと小さく咳払いをして気を取り直した。

「確かに、まずは美味しいとお伝えすることは大事でしょう。まずはガストン様、こちらの挽肉ステーキ、とても美味しゅうございます」

「へ？　いや、俺は作った奴じゃないぞ？」

微笑みながらイレーネが言えば、ガストンは間の抜けた声と顔で返す。どうやら本当にそう思っているらしい顔に、イレーネはくすくすと笑い声を漏らしてしまう。

「とんでもない。この挽肉ステーキは、ガストン様が捌いて肉を叩いたからこそできたものでしょうに。焼く、直接の調理をする方だけが作った人とは言えないと思うのです。たとえば、この豚を育てた方は、作った人に含まれないと思われます？」

「う……そう言われれば、確かに育てた奴も作った奴の中に入るよなぁ……」

イレーネに言われて、ガストンはなるほど、と頷く。肉がなければステーキは作れない。とても当たり前のことだ。ならば、材料を育てて提供してくれた農家の人も、作った人のうちに入るだろう。そして、それを加工した人間も。

「そもそも、ガストン様が叩いた挽肉が一番美味しいとファビアンさんも言ってらっしゃいました し」

「そうそう、やっぱ大将の叩いた挽肉じゃないとこの味は出ないっすよ！」

と割って入ったファビアンは、既にそれなりに食べて飲んでいるらしく顔が赤くなっている。上機嫌な彼に言われ、微笑むイレーネにも言われ、ガストンとて悪い気はしない。

「ま、まあ、そこまで言ってくれるんなら、俺も作った奴のうちってことで……。あれ、そうしたら俺は、誰に美味しいって言えばいいんだ？」

思わぬ問いかけに、イレーネもファビアンも言葉が止まり。

それから、思わず吹き出してしまった。イレーネはとても遠慮がちに。ファビアンは無遠慮に。

「そ、そうですね、それは……それこそ、調理をしてくれた方に、で良いのではないでしょうか」

「お、おう、それは、そうだな!?」

言われてみれば当たり前のことに、ガストンは若干恥ずかしそうに頭を掻く。その姿を見て、イレーネはああ、と得心のいった顔になった。

「なるほど、ご自身が挽肉を作ることが当たり前だから、ガストン様はご自分が美味しいと言われるのが不思議だったのかもしれませんね。しかし、であれば尚のこと……料理人の方にも、当たり前のことをしているわけですが、美味しいですとかを言わないのはどうかと思いますし」

「だよなぁ……何だか照れくさいけど」

うんうんと頷くガストン。

二人のやり取りを見ていたファビアンが、唐突に頭を下げる。

「いやぁ、すんません大将。当たり前になりすぎてて、俺もぞんざいだったかもしれないっす」

「うえ？　や、やめろよ、お前が殊勝な態度だと、調子が狂っちまう」

「まあまあ、いいじゃないっすか、たまには～」

「お、おい、何だもう酔っ払ったのか？　ちょっ、気持ち悪いな!?」

殊勝に謝っていたのはどこへやら、いつも砕けた態度ではあるが、それよりもさらにお調子者度が上がっている。ファビアンもまた、無事に到着したことで安心したところもあるのだろうか。

周囲を見れば、あちらこちらで子爵家使用人達と街の住人達が楽しげに語り、酒を酌《く》み交わしている。それはきっと、こうして同じものを食べ、飲んだという効果であるのだろう。

「これならきっと、明日からしっかりと働けそうね」

「ええ。……二日酔いになりさえしなければ」

ぽつりと零したイレーネの言葉に、マリーが答える。彼女の口調はしっかりしているから、彼女は大丈夫だろうけれど。

「……そう、ね」

見回せば、何人か酔い潰れてしまっているのがちらほらと見える。

あまり強くないのだから、気をつけよう。そう自分に言い聞かせたイレーネは、また挽肉ステーキを一口食べ、ワインを口に運ぶのだった。

4 『英雄』の価値

　こうして、屋外での食事、それもバーベキュー、さらに内臓肉の挽肉ステーキという初めて尽くしな一夜をイレーネとマリーが過ごした翌朝。

「おう、おはよう！」

「うがっ！　……た、大将、ちょっとこう、声、抑えてくれませんかねぇ……？」

　予想通りまったく酒の影響が見えず、むしろ思う存分食べたせいかすっきりした顔にすらなっているガストンと、やはり飲みすぎて二日酔いのせいで死にそうな顔になっているファビアンが朝食時の食堂に顔を揃えていた。

　なお、アデラは平気な顔、その他の使用人達は半数が飲みすぎた顔をしている。この分だと、今日は使用人達に移動の疲れを癒やすための休みを与えた方がいいかもしれない、などと考えながらイレーネはガストンへと挨拶を返す。

「はい、おはようございます、ガストン様。……ファビアンさんは二日酔いのようですね？」

「みたいだなぁ。まったく、情けないったら」

「いや、大将が異様に強いだけなんですからね!? ったたた……」

自身の声で頭痛が増したのか、ファビアンがまた頭を押さえて突っ伏したが、誰も彼の心配をしない。というか、他の二日酔い組も全員が自業自得だ扱いをされているあたり、なかなかに手厳しい。

「まったく、ここが『クリーニング』の終わってる安全な場所だからいいものの、戦場だったらどうするんだ？」

「うぐっ……それを言われたら返す言葉も……」

ガストンが呆れた声で言いながら苦言を呈せば、口の達者なファビアンも言い返せずに別の意味で頭を抱える。なるほど、実戦の場に身を置くことが多い彼らからすれば、二日酔いになるなど自己管理ができていない証拠となるわけだとイレーネは感心したりもするのだが。

「あの、ガストン様。『クリーニング』とは一体？」

と、気になった言葉への興味が優《まさ》って、そう問いかけずにはいられなかった。もちろん本来であれば掃除だとかの意味であることは知っているが、どうもそうではないような気がしてならない。

ファビアンへと呆れたような顔を向けていたガストンが「ああ」と気がついて声を零しながら顔を上げ、イレーネへと向き直る。

「そっか、あなたは知らないか。俺の言った『クリーニング』ってのは、間諜《かんちょう》だとかの掃除だな。この屋敷に潜んでる間諜だとか、街に潜んでる組織立った敵対者だとかが今はいない状態になってるわけだ」

「……なるほど？　いない状態になっている、ということは、もしかして排除行動なども……？」

「必要な時にはするけど、今回は必要なかったみたいだな！　停戦直後だから警戒してたんだけどなぁ」

「停戦直後で気が緩んだところに『影』だとかを使って何某《なにがし》かの工作を仕掛ける発想は、恐らくレーベンバルト国王や王太子にはないでしょう。それよりも、暗殺などを防ぐために自身の周囲を固めるよう使うかと」

言うまでもなく、停戦した戦争の相手はレーベンバルト王国、イレーネの生国だ。

王女であった彼女は当然国王や王太子の性格をよく知っており、彼らならばどうするかもよくわかる。彼らは、ほぼ間違いなく自己保身に走る。

「彼らの攻撃性の高さは、内面の弱さの裏返しではないかと思っています。ですから、何かにつけて喧嘩をふっかけてくる癖に、予想以上の反撃を受けると途端に弱腰になってしまう傾向がありましたね」

「あ～……だからかぁ、こっちが反攻に転じたら、ある日を境に急に崩れだしたのって」

「ええ、恐らく想定以上の反攻を受けて、弱腰になってしまったのでしょう。……そもそも、相手であるシュタインフェルト王国がどれくらいの強さなのか、きちんと調べていたのかも怪しいですが……」

ほう、とイレーネは大きく息を吐き出してしまう。

今回のシュタインフェルト王国とレーベンバルト王国の戦争において、イレーネはまったく何もしていない。

というか、関わることを禁じられていた。そのため、どれだけ準備して戦争を始めたのだとかも直接的にはわからないのだが……漏れ聞こえてきたところを総合すれば、準備が足りていたとは思えない。そして実際、奇襲気味だった序盤こそ押し気味だったものの、辺境伯軍主力が到着した後は散々だったようだ。

「ですから、収穫前で物資が不足していた時期に再侵攻をかけてこなかったとも言えます。今後は注意が必要ですね。痛い目に遭ったのを忘れて負けた屈辱を拗《こじ》らせていればすぐに仕掛けてくるでしょうし、そうでなければ引きこもっているでしょうし」

「大分両極端だなぁ……あなたはどちらだと思ってるんだ？」

「そうですね……わたくしは後者だと思っています。小手先の策を弄《ろう》してくる可能性はありますが、大規模な侵攻を仕掛けるには、兵の数がまだ十分ではないでしょうし」

ガストンに問われて解説しながら、イレーネはふと思う。両極端なのは、ガストンも同じではないかと。

こういった軍略絡みの話になった途端、多少表現が独特だったり簡素すぎることはあるものの、理解も早く、自身の考えもしっかりと発言できている。王都にいた時の書類仕事をしていた彼とはまるで別人だ。それが、頼もしくもあり……少しおかしかったりもする。

「おう？　な、なんか俺、おかしなこと言ったか？」

「いえ、何も。むしろ適切な発言ばかりかと」

「むしろ適切すぎて違和感あるんじゃないですかね？」

「なんだと!?」

「ぐぁっ!?」

ファビアンが混ぜっ返せば、ガストンが思わず大きな声を出して、結果二日酔いの頭を抱えてまたファビアンが突っ伏す。自業自得と言えばそうなのだが、若干哀れみを覚えてしまうのは彼のキャラクターのせいだろうか。

「まあまあ、ガストン様落ち着いて。ファビアンさんも今日のところは自重なさいな」

「お、おう、あなたがそう言うなら……」

「は、はい奥様……ったたた……」

イレーネが穏やかに窘めれば、大の男二人が揃って肩を縮こまらせる。別段脅したつもりもないのにそんな反応を見せられて、逆にイレーネの方が戸惑うくらいだ。そんなに怖い顔をしたのか、後で鏡で確かめようなどと思ったことを顔には出さず、コホンと小さく咳払い。

「そういうわけで、しばらくは攻めてこないのではないかと思いますが、いずれ勝手に恨みを積み重ねて再侵攻してくる可能性は決して低くないのではとも思います」

「また面倒くさいですねぇ……」

ファビアンが漏らした感想は、恐らく使用人一同が思っていることだろう。何しろ勝手に攻めてきて追い返されたから恨みを重ねるなど、逆恨みもいいところなのだから。

「けど、その可能性があるなら備えるべきだよなぁ。何から手をつければいいのかわからんけども」

一人、あっさりとイレーネの推測を受け入れて頭を切り替えたのが、ガストンだ。こういうところもまた、彼が戦場の英雄となった所以《ゆえん》なのかもしれない。

普段は温厚で人情味の強いガストンだが、こと戦絡みの話となるとドライなくらいの切り替えができるようだ。それは、イレーネの目から見れば頼もしく映る。

「そうですね、わたくしが思うに……まずは街道の整備から取りかかるべきではないかと」

「街道？　軍備とかじゃなくて、か？」

イレーネの提言に、ガストンは首を傾げる。

戦となれば武具がいる。特に矢の数を揃えるのはなかなかに大変で、専門の職人でも一人で一日に数十本が精々。となれば、今からでも取りかかりたいくらいなのだが……そんなガストンにイレーネは首を横に振って見せた。

「確かに矢の調達ですとかも重要ですが、それは何もこの街でやる必要もないでしょう。いえ、山の木々が矢に適した材質であれば、いずれは手を付けてもいいとは思いますが、少なくとも現時点では、他で作られたものを早く安全に運んでくる方がよろしいかと」

答えながら、イレーネは頭の片隅に今の話をメモしておく。

辺境伯領に近いとあってこのあたりは山がちであり、木材を活かせる産業が興せるならばそれに越したことはない。もしも矢の生産ができるようになれば、この子爵領の重要性はさらに向上することだろう。ただ、それは今ではない。

「運ぶべきは矢だけではありません。ありとあらゆるもの……辺境伯領が必要とするものを届けられるようにしたいところです。恐らくそれが、国王陛下や辺境伯様の望むところでしょうし、ね」

イレーネが半分確信している口調で言えば、ガストンは驚いたような顔でイレーネを見つめた。

「それが陛下や親父の望むところ、っていうのは一体どういうことだ？」

至極当然の問いをガストンが発すれば、イレーネが間髪をいれず答える。

「これはわたくしの推測ですが。まず前提として、わたくし達が王都から使って来た街道は、恐らくわざと整備がされていなかったのではと考えています」

「へ？　なんでだ？　街道をわざと整備しないだなんて」

イレーネの説明に、ガストンがすぐ疑問の声を上げる。

ガストンでもわかる、というよりガストンは遠征などで身に染みて知っているのだが、整備された街道とそうでない街道では、人も物も行き来の効率が大きく変わる。道が悪く馬車の揺れが酷ければ、たとえば酒瓶などは割れることもあるし乾物の食料だって欠けが生じやすい。何より馬車自体が傷み、最悪の場合は道中で故障して立ち往生、などということも考えられる。

だから、街道の整備は優先的にすべきなのだが……イレーネは小さく首を振った。

「確かに利便性だけを考えれば、整備しないなどありえないでしょう。しかし、その利便性が仇《あだ》となる場合もあるのです。端的に言えば、国境を突破され、敵国が街道に達した場合ですとか」

「あ。そ、それだと街道を使って王都まですぐだ！」

思わずガストンが声を上げれば、イレーネはゆっくりと頷いて見せる。

「はい、その通りです。実際、昔の王国でそういったことがあったとも聞きますし。『全ての道は我が王都に通じている』と世界の中心であるかのように言っていたそうなのですが、その道を通って様々な敵が各方面から集まってきたそうでして……笑い話にもなりません。恐らくシュタインフェルト王はその事例をご存じなのでしょう」

「あ～……それは、想像したくないなぁ……二方向からだけでも大変だってのに」

具体的な攻防の話になれば、ガストンの脳裏には鮮明にその様子が浮かんだ。シュタインフェルト王都に置き換えて、考えられる限りの敵国が四方八方からやってきたら。……残念ながら、如何な彼であっても防ぎきることはできないだろうと思うと、ぞっとしてしまう。

だが、そこまで考えたところでガストンは首を傾げた。

「いや待ってくれ？　ってことは、道を整備したらだめなんじゃないか？」

「はい、多分今までであれば許可がおりない、もしくは勝手に取りかかったら後からお咎めが来たのではないかと思います」

あっさりと答えられて、ガストンは目を瞬かせる。

自分の思ったとおりだが、それを肯定するイレーネの言っていることが腑に落ちない。だからますます首を傾げるのだが。

「だよな？　……うん？　今までであれば？　今ならいいってことか？」

「恐らく、ですが。以前と大きく変わったことがありますから」

「大きく変わったこと？」

思い至ったことを口にすれば、イレーネから肯定の言葉が返ってきた。それは少しばかり嬉しいが、しかし結局疑問は解決しない。だから改めて尋ねれば……イレーネが、小さく笑う。

「はい。ガストン様がこの地域の領主となりました。それが意味を持つかと」

「俺が？　いや、俺は別に、領主って柄じゃないんだけどなぁ」

「そうですね。恐らく領主としての働きはさほど期待されていないでしょう」

「うえええ!?」

上げて、落とされて。まさかの言葉に、ガストンが悲鳴のような声を上げてしまったのも仕方がないところだろう。だが、イレーネはそんなガストンの反応を、どこか楽しんでいる様子ですらある。

「正確に言えば、内政面での働きは、ですね。そこを補うためのわたくしですし」

「お、おう……そこは、確かに助けてもらうつもりだけども」

自画自賛とも取れる言葉に、しかしガストンは素直に頷いた。

イレーネの事務処理能力は王都で十分に見せつけられたし、今こうして話していても内政や戦略といったものに通じているであろうことが窺える。しかし、ならばイレーネ一人でも、と考えて今更思い出した。彼女は、敵国の王女だった、と。

「あ〜……気を悪くしないでほしいんだけど……俺はもしかして、あなたの監視役、か？」

「そうですねぇ……それがないとは申しませんが。それならば別にわたくしを連れてこなくとも、国内の内政に通じた貴族の方にお任せすれば良いだけですよ」

「そ、それはそう、だな……？　じゃあ、なんで？」

ガストンの問いに、イレーネの笑みが少し変わる。どこか、誇らしげに。ただそれは、自身を、ではなく。

「ガストン様がここにいることに、最も大きな意味があるのです。もし万が一辺境伯軍が敗れて国境を突破されたとしても、この地域にガストン様が後詰《ごづ》めの兵とともにいれば、王都になだれ込まれるのを防ぐことは十分期待できますから」

「あ。な、なるほど、そういうことか……どこで迎撃すればいいかとか、わかるし」

少し想像すればわかる。勝手知ったる辺境伯領の近く。子供時代に野山を駆け巡った経験から、街道を通って敵軍がやってきたらどこに兵を伏せることができるか、などすぐに浮かぶ。また、辺境伯軍との戦いで疲弊した敵軍が休憩を取りそうな場所も知っているから、夜襲だってかけられるだろう。

何より、ガストン本人は自分のことだからそこまで考えが至らないが……家族や仲間を倒されたガストンが、敵討ちとばかりに鬼神のごとく暴れるのは間違いない。そうなれば、あまりの武威に敵が怖《お》じ気《け》づいて逃げ出す可能性すら十分にある。

辺境伯領の一つ後ろにガストンを配置する、ということは、そういう意味を持つのだ。

「ええ、戦において地の利は極めて重要と伺っております。これはガストン様相手にわたくしが何か言うなどおこがましいですから、割愛いたしますが。ここにガストン様がいるだけで、街道を使われるデメリットをかなり抑えることができるでしょう。また、裏切って辺境伯領を背後から攻めるよう敵側が工作を仕掛けてきても、ガストン様が裏切ることなどありえませんし」

「そりゃそうだ、親父や兄貴達を裏切るなんてとんでもない！」

ブンブンと拒絶するかのように激しく首を振るガストン。いや、実際に拒絶なのだろう。彼にとって親兄弟は、それくらいに存在が大きいのだ。そんな彼を微笑ましげに見ながら、イレーネは頷いて返した。

「やはりそうですよね。ですから、ガストン様が子爵としてここを治めることに意味があり、このタイミングであれば街道整備もお許しいただけるのではないかと。後は……街道が整備されて物流が多くなれば、当然動く金額も大きくなります。そうなると、不心得者であれば要らぬ色気を出して横領などをする可能性もありますが……ガストン様であれば、その心配はありませんし」

「そりゃそうだ、それも陛下と親父達を裏切る行為じゃないか」

「……その通りです。流石ガストン様、よくおわかりで」

驚きで、イレーネは一瞬言葉に詰まった。

辺境伯領へ向けて街道を通る荷物は、多くが辺境伯軍へと向けて国が送る物資になる。そこから利益をかすめ取るなど、国王や辺境伯への背信行為、つまり裏切りだ。ガストンは、そのことを理解していた。直感的なものかもしれないが。そのことに、失礼ながらイレーネは驚いてしまったのだ。

少し申し訳ない気持ちになったのを、小さな咳払いで誤魔化して。

「ということで、今ならば街道整備を国王陛下に申し出ても、色よいお返事をいただけるのではないかと思います。計画書などはわたくしの方で作成いたしますから、是非ご一考いただけたらと」

「お、おう。そういうことなら、いいと思うぞ」

イレーネの提案を、ガストンはあっさりと承認した。むしろあまりの快諾ぶりにイレーネの方が戸惑ったように瞬きをするくらいに、あっさりである。

「あ、あの、よろしいのですか？　もう少しじっくりお考えになっても……」

「あ～……全部がわかったつもりはないけど、わかった部分だけでもやる価値はあると思ったし。それに、多分長々と考えてもわからんし、変わらんだろうからなぁ。何よりあなたがそこまで言うなら、きっと大丈夫だ」

言葉通り、すっきり理解したわけではない顔ではあるものの、ガストンに迷いはない。まっすぐに向けてくる視線には言葉通りの信頼が感じられて。

「そ、そうですか……でしたら、そのように進めさせていただきますね？」

答えながら、何だか顔が熱くなってきたような気がして、イレーネは手で顔を扇《あお》いでしまう。

「あの、奥様すんません。その方向はいいんですけど……工事の作業員を雇わないとですし、資材や金も要りますし……それは、どうするんです？」

すると、イレーネが落ち着きを取り戻したタイミングでファビアンが手を挙げながら質問をする。言われてみればもっともなそれに、ガストンなどは『そう言えば』という顔になるのだが……流石にイレーネはそれも想定済みだったらしい。

「はい、とても良い質問です。というか、そこは避けて通れない問題ですね。言うまでもなく、今この街に十分な数の作業員はおりませんし、資金も不十分、というか全然足りません。その調達方法に関しても、ある程度考えはございます」

「おっ、流石だなぁ」

きっぱりはっきりと答えるイレーネに、ガストンは感心した顔で頷く。

だが。

「まず資金ですが、国王陛下と辺境伯様からお借りします」

「うえええ!?」

予想外な返答に、思わず間抜けな声を上げてしまった。

まさかの、初手借金。いや、言われてみれば確かに、他者から借り入れて事業を始める貴族は少なくないと聞くには聞くが。

「い、いきなり陛下と親父に!?　こ、こう、何かで金儲けしてから、とかじゃないのか!?」

うろたえながらガストンが言ったことは、それはそれで正論ではある。確かに、自己資金なしに事業を始めるなど危険だし、そもそも貸してくれる存在が皆無だろう。普通であれば。

だからイレーネは、首を横に振って見せた。

「それができれば一番いいのですが、この辺境伯領に近い街では稼ぐことは難しいでしょう。というかそもそも、あの街道の不便さがお金の流れを阻害しているわけですしね」

「う……い、言われてみれば、それはそう、か……」

当たり前だが、お金はそこらから湧いてくるわけではない。それを運んでくる人間が必要であり、街道はそのためにもある。

だが今は、金を集めるための道がない。そして、どうにかして道を整備せねば、いつまで経っても金は集まってこない。ならば、無理矢理にでも道を何とかするしかないのだ。

「それでも、親父はともかく、陛下には申し込みにくくないか……?」

と、珍しくかなり及び腰なガストン。王国臣下として当然と言えば当然だが。だが、イレーネはきっぱりと首を横に振る。

「むしろ国王陛下にこそ、でしょう。正確には国に対して、ですが……最終的な決裁は国王陛下がなさるでしょうし。王都で書類仕事をしている際に知ったのですが、国に対して有用と思われる街道整備事業には補助金が出る制度がありまして」

「そ、そうなのか？」

「なんで他国からやってきた奥様の方が詳しいんですかねぇ……」

驚くガストンに、嘆くファビアン。

彼らが活躍する場は別の戦場なのだから、詳しくないのは仕方がない。だが、それでも若干悔しさのようなものを感じてしまうのもまた仕方がない。残念ながら、イレーネに複雑な男心を汲み取るつもりはないようだが。

「そこは致し方ないところでしょう。こうしたことは、わたくしの方が得意なのはおわかりでしょうに」

「いやそうなんですけどね……うん、いや、何でもないです」

「そ、その制度は制度で申請するとして、親父の方は、いくら親子でも流石に厚かましくないか？」

無自覚な追い打ちに消沈したファビアンへの追撃を避けるべくガストンが聞けば、イレーネの視線が向けられる。睨むだとか敵意のある視線ではないはずなのに、妙に圧が強い。

ただでさえたじたじとなっているところにそれだ、腰が引けてしまったところにイレーネはグイグイとくる。

「むしろこの案件は、親子だとかの私情抜きにしてでもなすべきことですよ、辺境伯様にとっては」

「へ？　そ、そうなのか？」

「ええ。何しろ恥ずかしながらレーベンバルト王国に領土的野心があることがわかった今、辺境伯様にとって防衛力向上は急務。……まあ、先日の戦はあれでしたし、先程申しました通り、このまま引きこもっている可能性もありますが……。拗らせた場合、今度こそ大々的な侵攻になるでしょうから、そちらに対する備えは必要になります。そうなると、砦《とりで》の強化をするための資材、武具など辺境伯領が必要とするものは大量かつ多岐にわたります。であれば、街道整備はむしろ辺境伯様が主導してもいいくらいでしょう」

「お、おう……」

立て板に水と流れる正論に、ガストンなど口を挟むことができない。いや、この場にいる誰もが物申すことができないでいた。

残念ながら彼らは前線で戦うのが仕事だった面々だ、こういった話にはどうしても疎くなってしまう。そして、イレーネもそのことはわかっているから、それで彼らを下に見る様子もない。ただ、言うべきことは言わなければいけない、というだけで。

「ただ、力のある辺境伯様が、今まで手を付けていなかった街道整備に手を出す、というのは政治的なバランスにおいてもしかしたらあまり良くないのかもしれません。このあたりは、わたくしもこちらの状況がわからないので、何とも言えませんが……」

「あ〜……大旦那様に物申せるのなんて、陛下と後は三公爵家くらいのもんだと思いますよ」

「なるほど、ありがとうございます。……となると、辺境伯様が主導すると公爵家からいい顔をされないかもしれませんね。息子であるガストン様が、というのもあまりいい顔はされないかもしれませんが、公的には独立した子爵家ですし、口を挟みにくいところでしょう」

「め、面倒くさいなぁ、政治の世界は……」

イレーネの説明に、全てを読み取ったわけではないが、それでもあまりに面倒な話だとガストンは溜息をつく。

国にとって良いことをすればいい、という単純な話ではないのが特に面倒くさい。そのあたりを考えたり調整したりをイレーネがやってくれそうなのが、とてもありがたいことなのだと身に染みて実感するガストンである。

「そうですね、もう少し単純なものになってほしいところですが、人の欲が絡むとなかなか……。まあとにかく、この案件に関してだけ言えば辺境伯様も望むところでしょうから、借り入れ自体は問題なく行えるかと」

「な、なるほどなぁ……。……あ、だけど、金は何とかなったとして、人手はどうするんだ？　昨日聞いた話じゃ、そんなに手が余ってるわけじゃなさそうだし」

「……いつの間にそんな話を聞き出しておられたのです？　あの宴の最中だったのでしょうけれど

……」

当たり前のようにさらっと言うガストンに、今度はイレーネが驚く番だった。昨夜の宴において、ガストンは挽肉を作ったりとおもてなしに忙しく、あれこれ話を聞き出す暇などそうそうなかったはずだが。

そんなイレーネの視線を受けて、ガストンは照れくさそうにガシガシと頭を掻く。

「いやぁ、領主ってことで向こうから話しかけてくれたりとか色々あったんだよ。で、多分なんやかんや新しいことをやると思うって言ったらあれこれ教えてくれてなぁ。ちなみに、冬になったら農閑期になるから作業をやってくれそうな人数も増えるらしいぞ」

「そこまで聞き出してくださっているのであれば、こちらとしても手が打ちやすいですね。ありがとうございます、ガストン様」

驚きでぽかんとした顔になりかけたのを引き締めてイレーネが頭を下げれば、ガストンが頭を掻く速度が上がる。

照れているのはわかるのだが、若干頭皮が心配になってしまい、イレーネは吹き出しそうになったのを必死に堪えた。

何とか収まるまでに数秒の沈黙。その後、こほんと小さく咳払いをして、イレーネは話を再開する。

「そういうことでしたら、本格的に作業に取りかかるのは冬からとして……それまでの間に、もう一つ辺境伯様にお願いしたいことがあるのですが、ガストン様、ご協力をお願いできませんか？」

「んお？　俺でできることなら何でもするけど」

「ちょっと大将、あんま迂闊なこと言わんでもらえませんかねぇ？」

きょとんとした顔のガストンへと、ファビアンが物申す。

領主が何でもするなどと言ってしまえば、本当にこのあたりでできることは何でもする羽目になってしまう。流石にイレーネがそんな無茶を言うとは思わないが、他の人間に言ってしまえばわからない。ファビアンに諭されてガストンも反省したらしく、しょぼんと肩を落とす。

その姿が何だか可愛《かわい》く見えて、また吹き出しそうになるのを堪え、イレーネは言葉を続けた。

「そうですね、そのあたりの発言は今後自重していただくとして……辺境伯様にお願いしたいのが、この街道整備事業に、辺境伯軍の工兵の方々をお借りできないかということでして」

「あ～、確かにうちの工兵だったら、腕が確かな上に今は暇してるはずだもんなぁ」

「戦争終わったばっかですし、砦の補修なんかもあんま多くなかったみたいですもんねぇ」

納得したようにガストンが言えば、ファビアンも頷きながら同意する。

戦場での簡易陣地の構築、城塞の強化、逆に敵陣地などの破壊工作なども行う工兵は、今回の戦争において負傷者があまり出なかった。また、ファビアンが言う通り戦後に求められる作業もさほどなかったため、現在は交代で休暇を取っている状態のはず。であれば、力を持て余した人員がそれなりの数いてもおかしくないところだ。そこにイレーネは目をつけたわけである。

「辺境伯様としても工兵を遊ばせているわけではないでしょうが、何某か作業があった方がよいでしょうし。働いた分の手当は出しますから、工兵の方にはちょっとしたボーナスが入りますし、と悪い話ではないと思うのですよね」

「ありゃ、手当も出すんですね。それだったら飛びついてくる奴は山ほどいると思いますよ。何なら工兵じゃない奴も来るかもですね、基礎はできてる奴多いですし」

うんうんと納得顔でファビアンが言えば、イレーネの目がキラリと光る。さながら、獲物を見つけたかのように。

「であれば、是非ともその方々にも参加していただきたいですね。そして、この街で歓待して差し上げたいところです」

「お、おう？　なんだ、何か狙いがあるのか？」

いきなり力説を始めたイレーネに、ガストンがおずおずと問いかける。確かに工事に携《たずさ》わる人数は多いに越したことはないが、そこまで喜ぶことだろうか。そんなガストンの疑問にイレーネが答える。

「はい、ガストン様のおっしゃる通りです。わたくし、この事業を通じて、辺境伯軍の皆さんがこの街に訪れる回数が増えることを狙いたいなと思っていまして」

「へ？　何でそんなことを……？」

ガストンが問えば……返ってきたのは、活き活きとしたイレーネの笑顔だった。

「一言で言えば、お金を持っていらっしゃるのに使い道がないから持て余している可能性が高いから、ですね」

「うえええええ!?」

身も蓋もないイレーネの言い草に、ガストンが悲鳴のような声を上げてしまうのも仕方がないところだろう。ファビアンなども「いや、確かにそうですけど、ねぇ……」と、否定できないが故の微妙な顔をしている。

確かに辺境伯軍の兵士達は、比較的妻帯者も少なく、そのくせ十二分な手当が出ているため、独身小金持ちが多い。おまけに、そんな彼らが休みとなっても、近場にあるのは軍事施設中心に構成された辺境伯領の領都。

その周囲にあるのは領都へと食料を供給する農村地帯であり、ついでこの子爵領となっているため、折角貯めた金の使い所がない。だからイレーネは、そこに目を付けたわけだ。

「こちらの利だけを言えばそれで終わりますが、もちろん辺境伯領の皆様にも利があるようにしたいと考えています。ガストン様、ファビアンさん。アデラさんも皆さんも、休暇の時は何をなさっていました?」

「え、そりゃぁ……狩り、とか?」

「そりゃ大将だけ……じゃなかったですけども。他にも……他にも……いや、これは言えないしなぁ……」

休み、であるはずなのに野山を駆けまわって様々な獲物を持ち帰っていたガストンが言えば、ファビアンが煮え切らないツッコミを入れる。若くて体力のある男達が大量にいる辺境伯領となれば、とあるお仕事の需要が生じるし、それを実行するための施設が存在するのも仕方がないところ。とはいえ淑女の前で口に出すのは流石のファビアンでも躊躇われ、理解したアデラなどは白い目を向けているのだが。

「ええ、そういった施設も必要になるとは思うのですが、もう少し環境を整えてからでないと定着してくれないかなと」

「待ってください奥様!?　そ、そういった、というのは……あの、そのっ！」

思わぬ返答にファビアンが慌て、しかしアデラやマリーから刺すような冷たい目を向けられてそれ以上言えなくなる。彼自身はそういう施設を利用することを悪いことだとは思っていないが、女性相手に強く主張することでもないと弁えている。ましてそれが主人の奥方となれば。

だが、当の奥方自身が、平然とした顔でその話題に触れるのだからたまらない。

「いわゆる娼館ですが。必要なものであると同時に、需要にあった質のものを用意できれば、大きな経済効果があると見込んでいます」

「赤裸々すぎますよ!?」

「あまり取り繕っても話が長くなるだけかと思いまして……」

なんならもっと直球な表現をしても良かったのだが、ただでさえ呆気に取られて呼吸が止まりかけているガストンの息の根を止めかねない。そもそも、そこが本題ではないのだし。

こほん、とイレーネは咳払いを一つして、仕切り直す。

「ということで、休暇の日にいそしむ娯楽が少ないのではないかと考えたのです。そして、もしもこの街でそれが提供できたら、と」

「お、おう……確かに、馬なら半日もかからないくらいで来れるし、休暇がまとめて取れた時に来るには良い距離だもんなぁ」

やっと呼吸を取り戻したガストンが、若干頬を赤くしたまま頷く。

辺境伯領の領都からこの街は大体20㎞。馬は時速6㎞程度の速度ならかなりの長時間を走れるため、うまい人間であれば朝に出て昼前に着く計算になる。軽く遊んで夕方から夜にかけて帰るくらいなら十分できるし、一泊するだけでさらにゆっくりと過ごすことができるはずだ。ただし、それだけの間遊ぶことができれば、だが。

「現時点では、来ていただく動機になるものがないので、そうなればいいな、というだけでしかありませんが……実現すれば、色々な効果が期待できるのです」

「色々な効果……遊びに来た連中が金を落とす以外にか？」

ガストンでもわかる、期待したい効果。休暇でやってきた兵士達が使い所のなかった金を落とすことによって、それこそ儲けることが期待できる。だが、それ以外に何があるのかと言われたら、わからないわけだが。

「はい、人が訪れるようになれば、物も集まってくるようになってきます。言うまでもなく、多くの人に提供する食料も必要になりますよね？　その状況を作ることで、この街に食料ですとか様々な物品がやってくることが不自然でない状況を作りたいのです」

「お、おう……？　な、なんだか難しい話になってきた気がするな……。大切な気もするから、もうちょっと詳しく説明してもらっていいか？」

言葉数が多くなり、若干しゃべる速度が上がった。そんな些細な変化から、ガストンはイレーネがこの部分に熱を入れていることを感じ取った。

ただ、難しそうだとも思ったために、恥も外聞もなく直球でお願いしたわけだ。そして、もちろんイレーネは快く……むしろ、ここが肝だと感じ取ってもらえたことに喜びすら感じながら頷いて返す。

「はい、もちろんです。そして、大事な話だと思っております。その前にお聞きしたいのですが……間諜、いわゆるスパイはどのようにして情報を集めてくるかご存じですか？」

「へ⁇　え、そりゃぁ……な、何か城とかに忍び込んだり……？」

「いや、そういう時もありますけどね。大体は街で地味な聞き込みだとかをしての動向調査ですよ……って、あ、そういうことですか！」

ガストンよりもそういった裏方仕事に詳しいファビアンが、説明しながら気がついたらしく、唐突に声を上げた。そしてイレーネに向けるのは、尊敬と畏怖の入り交じった目。

余裕の笑みでその視線を受け止めたイレーネは、小さく頷いて見せる。

「はい、基本はとても地味な市場調査ですとか聞き込み調査だとかです。ガストン様、たとえば国境付近にある敵側の都市が急に食料や薪を大量に買い込みだしたと聞いたら、どうお考えになりますか？」

「あ、なるほど！　それだけでも、戦の準備をしてるかもってわかるな!?」

そこまで聞いて理解したガストンは、すっきりした顔で声を上げた。一瞬だけ驚いたイレーネは、すぐに微笑みながら頷いてみせる。

「その通りです。しかもこの調査は、商人など普通の人間を装って行われるため、よほどしつこく聞き回らない限りほとんど危険を伴いません。当然、その他様々な指標となる物品があるわけですが、それは本論に関係ないので置いておきまして。この街が今のままで、急に大量の食料だとかを集め始めればスパイはそれを一つの兆候として摑むわけです」

「だけど、元々この街で大量の食料が必要な状況にしておけば、普段から集めててもおかしくはない。そんでもって、そうしておけば相手に気取《けど》られず必要な時に辺境伯領に供給できる、食料庫の役割もできるってことか!?」

目を輝かせながら言うガストンに、イレーネは嬉しげに目を細める。政治の話には疎いが、どうやら軍略が絡んできた途端にガストンの理解力は跳ね上がるらしい。その傾向がわかれば、今後色々な場面での説明もしやすいだろう。何しろこの街で行うべき施策は、色々なところで辺境伯領の強化、即ち軍略が絡んでくるのだから。

「ええ、その状況にできれば、相手……まあ基本的にはレーベンバルト王国ですが、かの国が攻勢に出ようとした兆候を摑んで防備を固めようとした際に、この街に備蓄することで実際の防備よりも少ないものと見せることもできます。もちろん、打って出ようとした際にも気づきにくい状況を作ることができるのではないかと。それから、普段から休暇で訪れる軍人の方が多いのであれば、たとえば補充戦力の兵がこの街に集まっても気づかれにくいでしょうし」

「は～……なるほどなぁ。街を発展させるってだけで、こんなに色んな効果があるとは思わなかった」

「ここまで色々な効果が見込めるのは、この街が辺境伯領の近くという特殊な立地だから、ですけどね。また、街道が整備されないことには話が始まりません。当面はそちらに注力しつつ、その間にこの街に人を呼ぶ名物を見つける、あるいは作ることも並行していければ、というところでしょうか」

「そうやってやることを明確にしてもらえると、わかりやすくて助かるなぁ。俺達だけだと、何から手を付けたらって慌てそうだ」

イレーネの説明が一通り終われば、得心したガストンが快活な笑顔を見せる。その表情に裏は一切なく、心からイレーネの提言を喜んで受け入れていることが見て取れた。……それが、ほんのりとした熱とともにイレーネの胸の奥で響く。

こういった提言を、同年代やそれ以上の世代相手が素直に受け入れたことなど、ほとんどなかった。それなのに、目の前にいるガストンやファビアン達は、さも当然のように耳を傾け、真摯に聞いてくれた上に、理解しようとしてくれる。

イレーネの提言に、価値があると認めてくれたから。それが、じわじわと心の奥に、脳の芯に、熱となって広がっていく。

だから。

「さ、さあ、そういうわけですから、まずは街道整備の段取りです！　補助金申請の書類は作りますから、ガストン様は読み込んでサインを、それから辺境伯様へのお手紙も書いていただきますからね！」

「うえええええ!?」

滲みそうになる涙を誤魔化しながら指示を出せば、予想通り響くガストンの悲鳴。

それが、今のイレーネにはとても心地よかった。

「うへ～……つっかれたぁ……」

夕方、自室に戻ってきたガストンは、げっそりとした顔でぼやき声を出した。

朝食時に説明を受けた補助金申請の書類に始まり、各種申請書、企画書などなど様々な書類を読み込み、署名をするだけのお仕事。

それらは言うまでもなく最もガストンが苦手とするところであり、その疲労感は重装備で30㎞以上を一日で歩ききった行軍訓練よりも上である。

「確かに今日の書類仕事は、久々にたっぷりでしたもんねぇ。いっそ馬車で移動してた日々の方が楽ってくらいで」

「だよなぁ……馬に乗ってるのだったら一日中でもできるんだけどなぁ」

従者として部屋に控える……というには随分と気楽そうにしているファビアンが言えば、気にした風もなくガストンも頷いて返す。いや、書類仕事の量が多かったことは気にしているが。

「まあ、奥様のお話からすれば、街道整備やらの最初に必要な書類ってことでしょうから、しばらくは大丈夫じゃないですかねぇ？　ほら、明日は街道付近で調査やら伐採やらの外仕事ですし」

「うん、それはほんっとに助かる。俺はやっぱり身体動かしてる方が性に合うからなぁ」

ファビアンの言葉に、ほっとしたような顔のガストン。

なお、言うまでもないかもしれないが、子爵であり領主である彼は、その立場にも拘わらず直々に街道整備作業に従事するつもりである。普通の貴族家であれば考えられないところだが、ガストンだから仕方ない。イレーネもそこは理解していて、だからこそ彼が外で存分に働けるよう、初日に書類仕事を纏めていたわけだ。

ちなみに、トルナーダ辺境伯家は当主もガストンの兄達も、全員が工兵として動くことができるだけの技能を持っている。流石に使う機会は滅多にないが。

「俺の適性や能力を考えて仕事を割り振ってくれてんだよなぁ。ほんと、あの人が来てくれてよかった。俺達だけだったら、普通に荷物の通り道になるだけで終わってたろうし」

「まったくですよ。いやほんと、あんな方がお嫁に来てくれたなんてめっちゃ幸運ですよ、大将！」

「お、おう……」

しみじみと言っていたところにファビアンが囃《はや》し立てれば、ガストンは急に勢いを失ってしまう。

おや、と視線を向ければ、じわじわとその頬が赤くなっていくのが見て取れた。

「ちょっ、何今更照れてんすか大将！　もう結婚してから何日も経ってんですよ!?」

「そ、そりゃそうだが、実感する時間なんてなかったじゃないか!?」

「いやいや、そうは言っても……」

その反応に思わずファビアンが笑いながら突っ込みを入れれば、ガストンは顔を真っ赤にして言い返す。それに動じることなくさらに突っ込みを重ねようとしたファビアンが、止まった。

結婚式が終わった後、ゆっくり過ごす時間もなく書類の山との格闘。苦手なガストンは毎日フラフラで、寝所に行けば即就寝だったことは想像に難くない。書類が片付いたと思えばすぐに出立、ここまでの長い道中でイレーネは馬車、ガストンは馬。

「……あんまゆっくり話す時間、なかったっすね？」

「だろぉ!? するとしても仕事の話ばっか、むしろ今じゃそっちの方が気楽に話せるくらいだし！」

「大分重症っすね……貴族の結婚じゃそれなりにあることでしょうけど」

政略結婚の多い貴族の世界では、夫婦であっても割り切った関係であることは少なくない。そういったケースにおいて婚姻相手とはいわばビジネスパートナーであり、実際に夫婦で事業を運営している貴族もいる。当然夫婦の会話もビジネスライクになってしまうのは仕方のないところだろう。

「おまけに大将、小粋な社交界ジョークとか苦手ですもんねぇ」

「できるわけないだろ、俺に！　ああもう、戦術の話とか武術の話だったらいくらでもできるんだけどなぁ……」

「そっち方面は奥様がついてけないでしょ。……いや、案外そうでもないのか……？」

呆れたように言ったファビアンだが、すぐに考えを改め真面目に検討する。今朝の話しぶりからして、イレーネは戦略、あるいは軍略といった話にも明るいようだ。であれば、武術はともかく戦術についてはたは興味を持っている可能性はゼロではない。

「そういや奥様、戦術についてはは大将の方が知識あるだろうみたいなこと言ってましたし、理解はしてくださりそうな気はしますねぇ」

「お、おう？　そういや言ってたけど、なぁ。だからってそういう話を、その、寝所でするってのは、こう……雰囲気ってもんが」

もごもごと口にするガストン。

それを聞いたファビアンは、一瞬目を見開いて。しかしすぐにニマニマとした顔になった。

「ほう。ほうほう？　そっか～、そうですか～、雰囲気を気にしますか、大将が。いやぁ、長生きはするもんですねぇ」

「お前の方が一個下だったよなぁ!?」

「そうっすけど、これはなんていうか、精神的な年齢差っていうか経験的な年齢差っていうか？」

「ぐぅ……そ、そりゃお前の方が経験あるだろうけどよぉ」

悔しそうに唇を噛むも、誰よりも自分がその通りだとわかっているガストンは、言い返すことができない。

女性との交際経験豊富なファビアンとは真逆で、ガストンはほぼ皆無。そこを言われてしまえば、ぐうの音《ね》も出ない。

「まあでも、真面目な話、なしじゃないと思いますよ？　大将が気の利いたムードのある会話なんてできるわけないし」

「そりゃ確かにできないけどさ、ますますムードから遠ざかるだろ？」

「最初はそれでいいんじゃないですかねぇ。大将のことだから、王都にいたころは書類仕事で疲れて即寝か、ろくに会話できないまま寝るだけだったとかでしょ？」

「うぐ……そ、その通りだけどさ」

まるで寝所でのあれこれを見てきたかのように言うファビアンに、ガストンは言い返すことができない。あまりにその通りだったので。強いて言うならば初夜だけは違ったが、あれは『初夜』扱いしていいものか甚《はなは》だ疑問だ。

そんなガストンの内心を見透かしたかのような顔でファビアンが続ける。

「だったらまずは会話することっすよ。それも、ちゃんとやり取りが続くやつ。ムードなんて後から付いてきますって」

「そ、そういうもんかぁ……？　そりゃ確かに、兵法書の話だとかでもいいってんなら、俺も気が楽だけどさぁ」

「お互い気楽に話せるのが一番っすよ。で、奥様の方が知識はおありなんですから、大将の振る話題にも対応してくださいますよ、きっと」

「それはそれで申し訳ないけど……仕方ないかぁ、俺の頭じゃなぁ」

ぼやきながら、ガストンはガシガシと頭を掻く。

あまり物覚えはよくなく、覚えられるのは興味の持てた軍事関係のことばかり。女性を口説くのに使えそうな話題なんて、まるで頭に入ってこない。であれば、今そういった話題しか振れないのは仕方のないことではある。

「そこは奥様もわかってくださいますって、多分。んで、だんだん打ち解けてきたら今度は身体の距離も近づけてですね」

「だわぁぁぁ!!　ま、まて、そういうのはまだ、早すぎる！」

「いや普通はとっくに済ませてないといけないことなんですがね？」

「わ、わかってる、わかってるけど、さぁ……」

呆れたように言うファビアンへと、歯切れ悪く返すガストン。

はふ、と大きな溜息をつけば、風が巻き起こった。

「俺があの人に触れたら、絶対折れるだろ」

「前も言ってましたね、それ。まあ、心配するのもわかりますけど」

「だろぉ？　多分抱きしめたら背骨がポッキリだ」

力なく言いながら、ガストンは己の手を見つめる。

男性としてもかなり大柄な彼だ、その手も並の男性より二回りは大きい。そこに秘めた力にいたっては、二倍にも三倍にもなろうというもの。そんな手で、女性としてもかなり細身であるイレーネに触れてしまえばどうなるか、想像がついてしまう。

「……大事にしたいんだけどなぁ……あの人の話聞いてると、大事にしなきゃって思っちまう。なのに俺の手じゃ、大事にできないんだよなぁ……」

「……それも、慣れだと思いますよ？」

「慣れる前にどうにかしちまいそうでなぁ。……はぁ、悪いな、折角色々教えてくれてんのに」

「いやいいっすよ、気にしないでください。大将が真面目に悩んでんすから、これくらい大したことないですって」

幾度目かの溜息をついたところでガストンが謝れば、ファビアンはひらりと軽く手を振って応える。

不器用で女っ気のなかったガストンが、不器用なりにイレーネに向き合おうとしていることは、彼にとっても嬉しいこと。ただ、ガストンが後一歩を踏み出せない気持ちもわかるので、どうにも後一歩を押してやることができないでいる。

「とりあえず今日は、兵法書の話でも振ってみるよ」

「ええ、やってみてください。奥様なら多分大丈夫だと思いますよ」

まずは一歩。いや、半歩進む程度のものだろうが、それでも前に進もうとしていることには違いない。これがガストンにとってもイレーネにとっても良い変化であることを、ファビアンは願わずにはいられなかった。

ちなみに、その夜。

「な、なあ。ニンバハルの兵法書って知ってるか?」

「ええ、もちろん存じております。昔の偉大な兵法家が綴った、今なお読み継がれ参考にされているものでございますよね?」

「お、おお、それなんだけどな、俺も前読んだんだけどな……」

と、ファビアンの読み通り、イレーネは話についてきて。

その日は、今までで一番盛り上がる夜となった。会話的な意味で。


こうして、夜の会話が弾んだことで精神的に充足したのか、翌日のガストンは絶好調だった。

「よいっしょぉ！」

気合の声とともに斧を振れば、バキバキと音を立てながら木が倒れていく。通常であれば、倒したい方向に軽く切り込みを入れてから反対側を何度も切りつけていくのだが、ガストンは一発で斧を木の中心に届かせていた。

当然動員された木こりや他の面々に比べて遥かにペースが速いため、彼一人別区画を担当させられている程である。

「……これだと、半日で三日分の作業が終わりそうね……」

呆れたような口調でイレーネが言えば、隣に控えるマリーもこくこくと頷く。あまりに人間離れしたガストンの所業に言葉もないようだ。

「これは、明日からの計画を修正しないといけないわね。ガストン様の振り分けも考えないと……」

つぶやくイレーネの眼前ではガストンがさらにもう一本を切り倒していた。

今日のところは道を広げる準備として街道沿いの木を伐採して持ち帰り、木材になるのか、質はどうかを調べるまでが仕事である。尚、街道整備の事業計画はまだ王都に着いていないはずだが、これは街道の開発ではなく伐採による調査なので問題ない。という屁理屈のもと実施されている。

「それにしても……恐らくそうだろうとは思っていたけれど、やはりガストン様は『祝福』持ちなのね……」

「ありゃ、お気づきになっちゃいましたか」

不意に声をかけられ、イレーネがゆっくりとそちらへ視線を向ければ、そこにはヘラリとしたいつもの笑みを浮かべるファビアンがいた。つい先程まで、まったく気配を感じなかったのだが。驚きを顔に出すことなく、さも『そこにいることには気づいてましたよ』と言わんばかりの顔でイレーネは小さく頷いて見せた。

「ええ、宴の時は暗かったからか、炎が近くにあったからか、気がつきませんでしたが……ガストン様が振るう斧の刃周辺が揺らいでいるように見えます。あれは恐らく、刃が魔力を纏っているからら……ではありませんか？」

「流石、ご名答です」

イレーネの言葉に、ファビアンが肩を竦めながら答える。

魔獣が存在することからわかるように、この世界には魔力と呼ばれるものがある。生命の根源とも言われ、生物であれば大なり小なり持っているが、それを意のままに操ることができる存在はそう多くない。人間もかつては魔法使いと呼ばれる存在が自在に魔力を操って魔法を行使していたと言われるが、現在では定型的な効果しか発揮できない魔術を使う魔術師が時々いる程度だ。

そんな中、稀にその魔力を己に利する形で使うことができる人間がおり、彼らを『祝福』持ちと呼ぶ。魔術よりも効果はさらに限定的で、大体一種類から二種類の効果しか発揮できないが、その代わり呪文だとかの手順なしで使うことが可能なため、場合によっては魔術よりも有用だ。そしてガストンのそれは魔力を刃に乗せることで切れ味を増す『祝福』なのだろう。言うまでもなく、とてつもなく有用である。

「ガストン様の身体能力だけでも英雄と呼べるものでしょうに、『祝福』まで持っているとなれば天下無双とすら言えるかもしれませんねぇ」

しみじみと言うイレーネへと、ファビアンはしばし探るような目を向け。それから、少しばかり怪訝そうな顔でイレーネへと問いを発した。

「あまり、気にされないんですね？」

何しろ戦場においては恐ろしく有用な力だ、それこそイレーネが言う通り無双の力をガストンは発揮していた。だがイレーネは、そんなことは当然想像できただろうに、恐れる様子も、逆に利用してやろうと欲を出した様子もない。それが不思議でならなかったのだが。

逆にイレーネの方が、不思議そうに小首を傾げていた。

「何か気にするようなことがありますか？　ガストン様の性格でしたら、むやみやたらと振りかざすこともないでしょうし。むしろガストン様の武功に納得がいったと言いますか」

当たり前のようにあっさりと言われて、ファビアンは二の句が継げない。

同国人の令嬢達は、『祝福』の存在を知らないにも拘わらず、ガストンの体格と身体能力だけで彼を恐れ、遠巻きにしていた。まして『祝福』のことが知られれば、一層遠巻きに、いや、ややもすれば彼と同じ場にいることすら拒否するかもしれない。

だというのに、この隣国からやってきた元王女様は、まったくガストンを恐れる様子がない。かといって、利用しようと欲を出した様子もない。ただ淡々と、彼にそんな能力があると受け止めるだけである。

「ああ、ですが先に知っていれば、伐採計画もそれを盛り込んだものにできたなとは思いますが……それも明日から修正すればいいだけですし」

「そ、そんなもんですか……奥様にとってはそんなものなんですねぇ」

一瞬呆気に取られ。それから、ファビアンの顔に喜びが滲む。

本当に、ガストンにふさわしい人が来てくれた。そのことが、我がことのように嬉しい。

「後もう一つ言うならば、あの様子ですと刃が保護されていて欠けることがないようですから、斧の損耗がかなり抑えられるのが嬉しいですね」

「あ、あはは、そこですか！」

「それはそうですよ、かなりの数を伐採することになるのですから、斧も何本使い潰すことになるやら。ですがガストン様は一人で何人分も切り開くのに斧の損耗は何分の一にも抑えられるとなれば、どれだけ経費が抑えられることか」

随分と現実的な意見に、ファビアンは思わず吹き出す。

不必要に恐れることも、過剰に見積もることもなく、淡々と冷静に、現実的に。イレーネにとってガストンが、悪い意味で特別ではないことが窺い知れる言葉だ。それを聞けば、思わずファビアンの頬も緩んでしまう。

「斧なんて、そう高いものじゃないでしょう？」

「それでもお金はかかりますし、鉄の消費も抑えられますから。人を増やしてそちらに回すなり、できることも増えます。まあ、あまりガストン様に頼り切りになるのも良くないので、適度に、ですけれど」

こうして話している間にも、イレーネの中では計画の修正と計算がされているのだろう。その横顔は、ガストンとは別方向に何とも頼もしい。

「いやあ、大将なら、頼られただけ喜ぶと思いますけども？」

「喜ばれるからといって、際限なく振って良いものでもないでしょう。書類仕事はともかく、肉体労働は疲労の蓄積が大怪我に繋がりかねません。恐らくガストン様は体力がありすぎて、ご自分が疲れていることに気がつきにくいタイプでしょうし」

「あ～……それは、否定できないっすねぇ……」

「でしたら、そこを管理するのも…………つ、妻の務め、でしょうから」

不自然な間、微かな口ごもり、ほんのり赤くなっている頬。

なんとも初々《ういうい》しい様子に、ファビアンは吹き出しそうになり……堪えた。ここで笑ってはいけない、流石に主人の奥様相手に失礼千万であるから。

「そっすね～、奥様から言われたら大将も素直に言うこと聞くでしょうし、是非とも管理してやってくださいい、お願いします」

「ええ、お任せください。……その方が、ファビアンさんも安心でしょうし、ね」

くすりと笑うイレーネから、視線を外す。

見透かされるのは、何とも気恥ずかしいものだから。

だから。

「あ～っと、枝打ちなら手伝えるし、行ってきます！」

ファビアンはわざとらしく声を上げ、ガストンが切り倒した木の枝を切り落としているところへと駆け出したのだった。

こうして、トルナーダ子爵領の街道整備事業が始まった数日後、ガストンとイレーネは、トルナーダ辺境伯領へと赴いていた。

というのも。

「親子でも、いや、親子だからこそ、金の貸し借りにはきちんとした態度で臨むべきだと思うんだ」

「そうですね、それは確かにその通りだと思います」

などとガストンが律儀なことを言い出し、イレーネも同意したからである。

実際、金が理由で親子兄弟が骨肉の争いを演じたなんて事例は、枚挙に暇《いとま》がない。もちろんイレーネはそういった事例を山ほど知っているし、ガストンですらいくつかは聞き知っている。

流石に自分の家族にそんなことはないと思いたいが、絶対ということはありえない。何より、独立したからには守るべき礼儀というものもあるだろう。

また、イレーネもそれは読んでいたのか、準備に抜かりはなかったようだ。

「わたくしの方も丁度提案する事業計画書が出来上がりましたし、丁度いいのではないでしょうか」

「お、流石仕事が速いなぁ」

「当然、辺境伯様にご覧いただく前に、ガストン様にも読んでいただきますからね？」

「うえええええ!?」

……などという、まあ、予想通りなこともありながら。

手紙を送って約束を取り付け、と踏むべき手順を踏んだ後、二人はファビアンやマリーなど供の者らとともに辺境伯領へと向かったのだった。

道中はやはりガストンは騎乗しイレーネは馬車、という形。

ただ、以前王都から移動してきた時よりも休憩時での会話が増えただろうか。何より、随分とイレーネの表情が柔らかくなった。結婚式当時の張り詰めたような雰囲気を思えば、随分と馴染んできたものである。そんなイレーネを見るガストンが、何やら感慨深げな優しい表情になるのも致し方ないところかもしれない。

「……なんだかお二人、夫婦らしくなってきたと思いません？」

「そうですね、喜ばしいことに。……ガストン様もイレーネ様を大事にしてくださっているようで、ありがたいことです」

ほのぼのとした空気を醸《かも》しだしている二人から離れすぎず近づきすぎずの距離で、ファビアンとマリーが声を抑えながら言葉を交わす。それぞれに主人の結婚生活を心配していたのだ、政略結婚にありがちな殺伐とした空気になっていないことは、特にマリーにとってはありがたいことだろう。

「……今更ですが、祖国よりも異国の方がイレーネ様を大事にしてくださっているのは、何だが複雑なものがありますね……」

「ま、まあ……それはうん、国によって色々あるってことで？　そちらの国に限ったことじゃないみたいですし」

若干陰を背負ったマリーへと、ファビアンがフォローを入れる。

イレーネとマリーの祖国であるレーベンバルト王国がイレーネを冷遇していたことには幾度も触れているが、他の国でも同様なことは起きているらしい。

口さがない者からは、シュタインフェルト王が併合した国のいくつかは、そういったゴタゴタを利用して攻略されたとも言われているが……真偽は不明である。

「……他の国なんて知りません、イレーネ様が大事に扱われているかどうかが大事なんです……なんて言ったら、軽蔑します？」

「いや別に。むしろ気持ちがわかるところもありますからねぇ。うちの大将も、ご令嬢方からは不当な扱いを受けてましたし」

「あ……それは、ええと……お察しいたします」

ファビアンの言葉に、マリーは口籠もる。

フォローの言葉が浮かばなかったのもあるが、何よりも、以前の彼女自身が、恐らくその令嬢達と同じようにガストンを見ていたという自覚があるからだ。まだ行動に出していなかっただけましと言えばましだが、そんな逃げ方ができる程マリーは器用な人間でもない。

だが、そんなマリーの内心に、ファビアンは気づかない様子で会話を続けた。

「ま、結果としちゃぁそれがよかったんでしょうね。おかげで、多分最高のお嫁さんをもらえたわけですし」

「それは、はい、ええもう、うちの姫様は最高ですから」

と返して、ふとマリーは気づいた。これはもしかして、ファビアンに気を遣われたか？　と。もててもてて困っている、などと嘯《うそぶ》く彼だ、当然人の心の機微には鋭いものがある。その彼が、マリーの反応に何も察していないわけがない。なのに、彼はそこには触れないどころか、イレーネを持ち上げてまでして空気を壊さないでくれた。

であれば、マリーがすべき反応は。

「それからファビアンさん、多分ってなんですか！　イレーネ様が最高なのは確定していることですから！」

「おおっと、これは失礼失礼。そうですね、イレーネ様は最高です」

軽く憤慨してみれば、肩を竦めながらおどけるファビアン。

多分、これで正解だったのだろう。

そう思うと、何だか救われたような気がして、マリーは小さく笑みを零した。

道中そんな一幕がありつつ、一行は特に問題もなく辺境伯領へと到着した。しばし休憩した後、すぐに応接室へと通されて。

「うむ、金を出すこと自体は問題ないぞ」

「まってくれ親父、まだ何も話してないんだけど」

挨拶を交わしてソファに腰かけた途端に、これである。

あまりの即答ぶりに、思わずガストンが突っ込みを入れてしまったのだが、当の辺境伯はむしろご機嫌に笑い出す始末だ。

「わはは、いやなに、すでに手紙で大体のことは知っておったからな。おまけに街道整備事業はこちらから言い出そうと思っておったくらいじゃし。……ほんに、イレーネ殿は気の利く方じゃなぁ」

「そんな、恐縮です」

好々爺の笑みで辺境伯が視線を向ければ、イレーネは謙遜しながら頭を下げる。一瞬、その笑みの向こうで値踏みするような鋭い視線が光ったのは、決して勘違いではないだろう。

どうやら提案自体は評価されているようだが、イレーネ本人はまだまだ見定められている最中というところだろうか。それも想定のうちではあったので、イレーネは改めて気を引き締めたのだが。

「おい親父、まさかイレーネを疑ってるのか？」

辺境伯の視線に、ガストンも気づいてまさかの反応を見せた。

考えてみれば野生動物並みの感覚の鋭さを持つガストンだ、一瞬でしかなかろうとも気づかないわけがない。ただ、その反応は辺境伯も予想外だったのか、一瞬目を瞠った。

「いやいや、疑ってるわけじゃないぞ？　ああいや、正確に言えば間諜だとか謀略を仕掛けてきたりだとかを疑ってるわけじゃなくてだな？」

「なら、能力か？　確かにそれはまだ親父に見せてなかったと思うけど、でもな、イレーネは凄いんだぞ」

そう言うとガストンは、ここまでイレーネに助けられた数々を列挙しだした。王都で書類仕事に助けられたこと、子爵領の今後の展望とその具体的な計画立案、それに伴う書類仕事やあれやこれや。この短期間で成したとはとても思えない仕事量を、つらつらと挙げていくガストン。その勢いに、老獪な辺境伯も及び腰である。

「あ、あの、ガストン様、もうそれくらいで……は、恥ずかしいですから……」

「お、おう？　そうか？　まあ、あなたがそう言うなら……」

顔を赤くしたイレーネがそうお願いすることで、ガストンはようやく止まった。そして、赤面するイレーネというレアな表情を間近で見たせいか、ガストンの顔もまた赤くなる。

「……こりゃあ孫の顔が見られるのもそう遠くないかのぉ？」

「何言ってんだ親父!?」

ぽつりと辺境伯が零せば、真っ赤な顔でガストンが抗議する。

だが、語気の割には覇気がなく、威圧感が足りない。それでは、歴戦の古狸《ふるだぬき》である辺境伯が揺るぐはずもなかった。

「何って、至って普通のことじゃろ？　そもそもお前とて貴族の端くれ、子を生《な》すのは義務の一つとわかっとるじゃろうに」

「わ、わかってる、けどさぁ！　もうちょっとこう、あるだろ気遣いっていうか！」

もちろんガストンとてそれが義務であることはわかっている。だからといって、無理矢理だとか強引にだとかは望んでいないし、したくもない。そんな息子の心情がわかっているのか、辺境伯はあっさりと引いた。

「それもそうじゃな。イレーネ殿、すまんかった。義理の親だとはいえ、少々踏み込みすぎたわい」

「あ、いえ、わたくしは大丈夫ですので」

辺境伯が頭を下げれば、ゆるりと首を振ってイレーネも謝罪を受け入れた。そもそも彼女とてそれが義務とわかって嫁いできたのだ、今更この程度のことで動揺はしない。……ただ、少々頬が赤くなったのは……当時とまた心持ちが違ってきたからだろうか。

そんなイレーネの顔を見て、辺境伯は一瞬目を細め。しかし、流石にそれ以上は触れなかった。

「ちょいと横道に逸れてしもうたな。話を戻すが、金を出すつもりはあるが、どの程度、どんな条件でといったところは、この計画書を読ませてもらってからの話じゃ。ということで、早速読ませてもらうぞ？」

「そうしてくれ、ほんと……ああ、なんだか変な疲れ方した……」

げんなりとした表情でガストンが促せば、気にした風もなく辺境伯はイレーネの作成した計画書を読み出す。

　そして、一通り読み終わったところで辺境伯は顔を上げた。

「ガストン。この計画書はイレーネ殿が？」

「ああ、多少は他の人の意見も入れて修正はしてるけど、ほとんどイレーネが練り上げたもんだ」

「なるほど、なぁ……これは……」

　ガストンの返事を受けて、辺境伯はしみじみとつぶやきながら再度計画書へと視線を落とす。

　その内容は、見事の一言。イレーネが見込んでいた通り、辺境伯も国王とともに街道整備の構想を持っていた。そしてこの計画書はそれに近いものなのだが……ところどころ、彼らの構想を超えた新規性も織り込まれている。

　たとえば、イレーネが考えていた、休暇の際に訪れる歓楽街・娯楽都市としての機能など、考えもしていなかった。あくまでも物資の中継点、備蓄拠点で考えていたのだが、イレーネはその上を行っていたわけだ。

　また、それだけではない。

「この、燃料供給、とは？」

「はい、実は近隣に泥炭《でいたん》の積もった場所が見つかりまして。これがかなりの量ですから、こちらで使うだけでなく輸出することも可能ではないかと考えております」

「ほう……まさかあのあたりに、そんなものがあったとは」

感心したようにつぶやきながら、辺境伯は顎を撫でる。

泥炭とは、文字通り泥状の炭だ。枯れた植物の分解が不十分なまま堆積《たいせき》して炭化したもので、寒い地方に見られることが比較的多いものの、様々な地域で見つかっている。

たとえば南方では、微生物が植物を分解するよりも早くに植物の死骸が堆積することによって泥炭が生成されることが多い。その他の地域でも、様々な要因により堆積することが発生するため、様々な地域で見られる、というわけだ。

そういった理屈はまだこの世界では解明されていないのだが……経験則的に、泥炭は北方に多いことは知られているため、辺境伯は驚いたのだ。

「しかし、あのあたりで泥炭が採れるとは聞いたことがなかったが」

「ええ、わたくし達も知りませんでしたし、街の人々も驚いていましたが……先日調査で入った、瘴気《しょうき》の濃い地域にあったのですから、致し方ないところかと」

「なるほど、それは道理じゃの、普通の人間は近づかんじゃろうし」

瘴気とは、濁った魔力、あるいは澱んだ魔力と表現されるもので、長時間触れていると人間に悪影響を及ぼすと考えられている。分布については不明な点が多いのだが、場所によっては地表付近に溜まっていることがあり、その近くでは魔獣が発生しやすい。そのため、瘴気が濃い地域に普通の人間が近づくことは滅多になく、人々はそこから離れたところに都市を形成することが基本で、瘴気の多いところは辺境と化していく。

よく誤解されるのだが、辺境に瘴気が濃い地域が多いのではなく、そこから離れたところに王都など中心部を形成するため、瘴気が濃い地域が辺境となる。だからトルナーダ辺境伯領には瘴気が濃い地域が多いし、その近くであるガストンが賜《たまわ》った子爵領も同様、というわけだ。

「ですから、今まで気づかれず、当然手つかずだったわけですが……ガストン様がいらっしゃることで、問題は解決できるかと」

「じゃろうな、ガストンが一人おれば、魔獣の一体や二体、こやつ一人で片付けてしまうじゃろうからのぉ」

ほっほっほ、と辺境伯が楽しげに笑う。

瘴気によって魔獣と化した獣は、本来の二倍以上の大きさになっていることがほとんど。その上で破壊衝動に突き動かされて暴れ回るのだから、普通の人間では対処などできるわけもなく、軍が出動する騒ぎになることもある。あくまでも、普通の人間であれば。

規格外の身体能力に加えて祝福まで持つガストンであれば、一人で対処できてしまうのだ。

「よせやい、そんなに褒めるなよぉ」

「あんまり調子に乗らせてもいかんが、事実は事実として共有しておかんといかんからのぉ。こないだ一人で倒したのはヒグマの魔獣だったか」

「……はい？」

辺境伯が思い出すようにしながら言えば、イレーネの口から少々間の抜けた声が漏れた。

ヒグマの魔獣は、イレーネが知る中でも最悪な存在の一つである。本来のヒグマが大きいオスで体長3m近く、体重は500kgに到達するものもいるという。そんな巨大さでありながら競走馬並みの速度で走ることが可能な上に、立ち上がって振るうことができる前腕にはナイフのような爪を備えているため、その戦闘能力は凄まじい。

それがさらに魔獣と化せば体長は5mを越すものもおり、城壁すら単体で突き崩しかねない災厄となるのだが……それを、ガストンは一人で倒したのだという。

「あれは流石に大変だったよなぁ……毛皮が硬いから、斬りつけてもなかなか肉に届かないし。衝撃も逃げるから、骨を折ろうにも届かないし」

「骨を折ったのになかなか折れなかったわけじゃなぁ」

「その冗談はつまんないぞ、親父」

呆然としているイレーネの前で、親子二人は当たり前のように雑談に興じている。いや、確かに彼らからすれば、実際にできてしまったことなのだから、当たり前になるのかもしれないが。

「おっと、すまんすまん、話がそれてもうた。で、ガストンがいるからこそ泥炭層に手を付けることができるわけじゃな」

「あ、はい、ガストン様が同行することで、採掘作業の安全が確保できますので、警護人員の人件費が抑えられて採算が取れるのではないかと」

「ふむ、領主の仕事と考えればそれも道理、うまく育てれば色々な発展性も考えられるからのぉ」

「ええ、たとえば……辺境伯領で使う石炭をこちらで事前に蒸し焼きにする、ということも考えておりまして」

「ほう？」

イレーネのアイディアに、辺境伯の眉が動く。

石炭は鉄を作る際に必要となるものだが、そのままでは中に含まれる硫黄《いおう》などの成分が鉄の品質を下げてしまう。そのため辺境伯領では、空気に触れさせず加熱する、いわゆる蒸し焼きにして硫黄などの不純物を揮発させる乾留《かんりゅう》と呼ばれる工程を経ることで石炭を炭素純度の高いコークスへと変化させて使用していた。

当然そのためには燃料が必要となるのだが……それが安価で大量に得られる近所の泥炭で行うことができるならば。なんなら、そこで加工して運んできてもらえば。

「悪くはないのぉ……蒸し焼きの窯《かま》を子爵領に作れば、雇用の創出ができる。同時に、コークス増産のために集めた人間を、子爵領に留めておける、と」

辺境伯の言葉に、イレーネはこくりと頷いて見せた。

言うまでもなく、辺境伯領は軍事機密の宝庫であり、製鉄関連にも色々と技術的な機密はある。それを支えるコークスを増産するとなれば、スパイの一人や二人、送り込まれてきてもおかしくはない。

だがそれを子爵領で行えば、そういった人間を辺境伯領に入れる必要がなくなるわけだ。もちろん子爵領でもスパイ対策は必要になるが、辺境伯領に比べれば万が一の時に生じる損害はまだ軽微なものになるだろう。であれば、子爵領で加工することのメリットは大きいと言って良い。

「後は、蒸し焼きの窯を流用して泥炭そのものを乾燥させ、成形炭を作るのもありではないかと考えておりまして」

「なるほど、使い方にクセはあれど、長持ちするよう作ることもできるしのぉ。カサを考えると、薪を供給してもらうよりもありがたいかもしれん」

泥炭は、その名前の通り酷くもろく、ぼろぼろと簡単に崩れてしまう。逆に言えば簡単に加工できるということでもあり、実際豆炭《まめたん》や練炭の材料として使うことも可能だ。それら成形炭は薪に比べて着火がしにくいという欠点はあれども、一度火が点くと安定した火力を長時間得ることができる。

余談だが、成形の際に着火剤を塗布《とふ》することができれば着火も容易にできるようになるのだが……まだこの世界では、そういった着火剤は発明されていない。

「ということで、街道が整備された暁にはそういった燃料供給もしやすくなるのではと」

「いやはや、そんなことを言われては金を惜しむなどできんではないかね。まったく、商売上手じゃのぉ」

改めて提案を推してくるイレーネへと、困ったように頭を掻く辺境伯。そう言いながらも、その顔は何とも満足げだった。

ちなみに、ガストンはどうやらイレーネが褒められているらしいと満足顔である。事前に説明をされていたため、まったく理解できていないわけではないのだが、口を挟む隙などまったくないため、ニコニコしていることしかできないだけではあるけれども。

「それと、こちらはですね……」

「ふむふむ、なるほど？」

そんなガストンをよそに、イレーネと辺境伯の問答は続く。

こうしてイレーネは、辺境伯から無事に希望通りの金額を引き出したのだった。

「いやぁ。イレーネの言う通りだったなぁ。親父があんなにあっさり、それもこっちの言い値で出資してくれるだなんて！」

辺境伯との交渉から数日後。

ガストンとイレーネ、ファビアンやマリーといった子爵領家臣団の面々は、また山道を歩いていた。

「わたくしの見立て以上に期待していただけているようで……特に燃料は、思っていた以上に需要があったようですね」

「てことは、ここが宝の山になるかもしれないんだなぁ。一体どれだけあるんだか、楽しみだ！」

そう言いながらガストンが目を向けたのは、地表に露出している黒い土の層。一見してみればただの土だが、これこそがまさに泥炭の層である。

彼らは今、泥炭の埋蔵量が実際どれ程のものか、改めて調査のために来ていたのだった。

「量はもちろんですが……分布状況も見ておきたいところですね。どうも場所によって堆積している厚みが違うようですし。傾向がわかれば、ここ以外にあるものを発見しやすいかもしれません」

「確かに、あればあるだけいいし、見つけやすい方がいいもんな」

納得顔でうんうんと頷いているガストンへと同意を返しながら、イレーネは泥炭の層へと目を向け。それから、しばらく沈黙した後、ぽつりと零す。

「その調査のためには、瘴気がかなり濃い場所にも入る必要があるかもしれません。魔獣が出る可能性もありますから、その時は、申し訳ないですがガストン様、よろしくお願いします」

「おう、任せとけ！　調査じゃ出る幕がないし、護衛としてくらいは役に立たないとな！」

どん、と厚い胸板を叩きながら、ガストンが手にしたハルバード、穂先近くに斧が付いた槍の石突きで地面を突く。

ちなみに、鎧は着ていない。

「……しかし、本当に鎧は着なくていいのですか？　確かに、山道を歩くのには不向きでしょうけれど」

「いやぁ、別に着てても歩くのに問題はあんまないいんだけどな、魔獣の力相手だと、鉄の鎧もあんま意味がないんだよなぁ。むしろ身軽に動けた方がましなくらいだし」

ガストンの説明に、なるほど、と思う部分もなくはない。暴れる獣は仕留めるのも一苦労、場合によっては兵士数人がかりになることもあるほど。狩人などは、如何に動物に己の存在を悟らせず、一気に仕留めるのかに心血を注ぐともいう。

と、そこまで考えたところでふとイレーネの脳裏に、先日の会話が思い浮かんだ。

「あの。まさか、ヒグマの魔獣を倒した時にも……？」

「ああ、着てなかった！　なんせ岩も切り裂くような爪してたからなぁ、鉄の鎧もまったく役に立たなかったんじゃないかな！」

「いえ、そんな楽しそうに言うことではないと思うのですが……」

実に朗らかに語るガストンへと、呆れ顔でイレーネが言う。

倒してしまったからこうして笑い話にもなっているが、もしも目《ま》の当たりにしたら血の気が引くどころではないだろうことは間違いない。

今更ながら、ガストンが魔獣を退治すること前提に計画を立てたことに、後悔の念が湧いてくる。

「確かにあの時は大変だったけど、多分次に会ったらもうちょい楽に倒せると思うぞ。どこを攻めればいいかもわかったし」

「そ、そういうものですか……？」

狩りにも戦場に出たことがないイレーネには、ガストンの言う感覚がわからない。ちらりとファビアンや子爵領家臣団を見れば、皆小さく首を横に振って返してくる。つまり、精鋭である辺境伯軍出身の彼らであっても理解できないらしい。もうこれは、理解しようとするだけ無駄かな、とイレーネが諦めかけた時だった。

「りょ、領主様！　あ、あそこにでかいイノシシが……ありゃぁ……」

突然、先導役として雇っていた地元の狩人が声を上げ、前方を指さす。そちらを見れば……明らかに、尋常でない大きさのイノシシがいた。

「噂をすれば、だなぁ。ありゃスピアボアだ」

「や、やっぱり!?　た、大変だ、皆に知らせねぇと！」

気楽そうな声でガストンが言えば、狩人の顔から血の気が引く。

スピアボア。牙が槍のように鋭く長く伸びたイノシシ型の魔獣である。普通のイノシシの体重が100kg前後なところ、この魔獣は二倍から三倍もの巨軀となり、その質量に物を言わせた牙による突撃で、人どころか一般的な村に設置されている防御柵すら破壊してしまうような、恐ろしい魔獣だ。

そんな恐ろしい破壊力を持つスピアボアは、通常十人以上の兵士が馬防柵《ばぼうさく》のような道具を用いて何とか仕留めるものだが、人数こそいるものの、今この場にそんな道具はない。

また、街に侵入されてしまえば、さほど武力を持っているわけでもない小さな街だ、被害がどれだけ出るかもわからない。だから、狩人が顔面蒼白になるのも当然ではあるのだが。

「いやぁ、大丈夫大丈夫。あれくらいなら俺一人で十分だ」

「えええぇ!?」

ガストンが気楽に言いながら前に出るものだから、狩人は思わず悲鳴を上げてしまう。それから、慌てて後ろを振り返って。

「み、皆様、奥方様、領主様をお止めください！　スピアボア相手に一人だなんて、無茶だ！」

そう懇願したのも無理からぬことだろう。

まさか目の前でみすみす領主を死なせるわけにはいかないが、彼は平民。直接領主を止めることなどできる立場ではないから、そう懇願したのだが。

「あ〜、大丈夫大丈夫。ほんとに大将一人で何とかなるから」

「えええぇ!?」

従者であるファビアンも気楽そうに言うものだから、狩人はまた悲鳴を上げた。それも無理からぬことではあるのだが……イレーネもまた、止めることができないでいた。

何しろガストンに対するファビアンの、ぞんざいなように見せかけた忠義ぶりはよくわかっている。その彼が止めないということは、本当にできるのだろう。また、辺境伯も、魔獣の一体や二体はどうにかなると言っていたのだから。

「……大丈夫、なの……？」

それでもまだ、半信半疑だったのだが。

次の瞬間、その疑念は吹き飛んだ。

スピアボアと一緒に。

「……はい？」

イレーネの目の前で、スピアボアが宙に飛んでいた。

先程も言ったが、スピアボアは体重が２００kgを超えるものがほとんどである。そのスピアボアが、宙を飛んでいた。ガストンの、掬《すく》い上げるようなハルバードの一撃で。

「……え？　え??」

あまりに意味不明な状況に硬直するイレーネの目の前で、ガストンがもう一度ハルバードを振るう。片手で。すぱんと小気味のいい音がしたと思えば丈夫な毛皮で守られたスピアボアの首が刎《は》ねられ、その身体が地面に落ちる前にがしっとガストンの左手で掴まれた。

繰り返し言うが、スピアボアの体重は普通のイノシシの二倍から三倍。２００kgから３００kg程度である。それを、ガストンは片手で掴み、吊し上げていた。

「は？　え、ええ？？？？　な、なんですの、これは??」

流石のイレーネも大混乱、先程まで蒼白な顔をしていた狩人も唖然としているのだが。

「何って、血抜きが必要だろ？」

「違います、そういうことではございません！」

馬防柵で止め、兵士数人がかりで倒すのが基本の相手を、ガストンは一人で仕留めた。それも、突撃を止めるどころか打ち上げ、落ち際に首を刎ねるという方法で。

イレーネからすれば、意味がわからない。

この場で当たり前のような顔をしているのはガストン一人、狩人は呆然、元辺境伯軍出身の面々もどこか諦めが入ったような、達観した顔である。

「違うって、何が？　あ、川の流れに浸けて冷やさないといけないか」

「そうでもございませんけれども！　けれども、確かに必要でございますわね!?」

残念なことに、狩った獲物を川の流水に浸して血を抜きながら冷やすことで味の劣化を防ぐことができるという知識を、イレーネは持っていた。実際にやったことはもちろんないが。だからイレーネは混乱してしまったし、もちろん知っている狩人は、新たな領主が知っていたことに感心していたりする。

「うっし、んじゃ川に浸けて、その後捌くか！　今夜は肉祭りだな！」

「肉祭り……？　よ、よくはわかりませんが、ありがとうございます領主様！」

現実を受け入れられたのか理解することを諦めたのか、狩人はぺこぺこと頭を下げた。被害の深刻なスピアボアだが、狩ることができさえすれば貴重な食料。しかも普通のイノシシよりも美味と来ているのだ、きっと領民達も盛り上がることだろう。

「はぁ……もう、何だか色々考えていたのが馬鹿馬鹿しくなってくるわね」

そうぼやくと、イレーネは頭の中で段取りを始めた。

先日のバーベキューの時に、必要そうなものはわかっている。スピアボアから取れる肉の量は、恐らく精肉で100kg程度、住民が千人と考えると一人当たりで100g。流石に全員集まることはないだろうが、スピアボア一頭で足りるとは思えない。

「ガストン様、スピアボアはお任せしますから、わたくしは先に戻ってバーベキューやらの手配をしてまいりますね」

「お、わかった、頼んだ！」

イレーネが言えば、ガストンはハルバードを掲げて答える。反対の手には、いまだスピアボアを吊し上げたままで。凄絶であるはずのその光景に、何故かイレーネは笑ってしまう。

「はい、それでは後ほど」

笑いながらそう告げると、マリーや数人の家臣を伴って街へと向かう。来た時よりも随分と軽い足取りで。


街に戻ったイレーネの動きは速かった。

まずは街の中心部にある広場の利用状況を確認、今日の夜にバーベキューをやっても大丈夫なことを確認。ついで、街の宿屋兼酒場のおかみに連絡し、屋外での調理を手伝ってもらえそうな人員を確保。何なら広場で臨時開店してもらって酒場で出す料理を広場で出してもらうことも交渉、快諾される。肉料理ばかりでは偏《かたよ》るからと、野菜料理を多めにお願いして。

「あの領主様がやろうってことだったら、乗っからせてもらいますよ！」

と言われた時、イレーネは我が事のように嬉しかった。この街に来てから僅か数日で、早くもガストンは領民達の心を摑み始めているらしい。

それから先日のバーベキューの時に世話になった肉屋に連絡を取り、豚を丸ごと三頭分確保。これでスピアボアの分を合わせて可食部が３００kgほど、全人口が集まっても一人当たり３００gとなり、酒場から出してもらう料理を合わせれば普通の人間をもてなす分には十分だろう。そして、ある意味とても大事なワインやエールなど酒類の手配。同時に、子供達が来た時のために果実水も手配しておく。

これらの手配をしている最中にガストンいわくの肉祭りの話をして、近隣に広めてもらうことも忘れない。刺激の少ない小さな街だ、きっと話はあっという間に広まることだろう。

さらに並行してバーベキュー道具を用意し、それだけで足りるかわからないので元辺境伯軍の面々が野外調理道具を様々引っ張りだし、と器材の準備。

広場に設置して、薪や炭も用意していれば日も傾いてきた。

「薪はまだいいけれど、そろそろ炭を熾《おこ》しておきましょうか。多分もうそろそろガストン様達が帰っていらっしゃるわ」

「はい、奥様！」

「それなら、あっしにお任せください！」

イレーネが指示すれば、街に唯一ある鍛冶屋の親父が手を挙げる。鍛冶場で毎日のように石炭、木炭を扱っている彼にかかれば、炭火を熾すことなど造作もないことだろう。

「ええ、ではお任せしますね。それから……」

微笑みながらイレーネが承諾すれば、鍛冶屋の親父は浮かれきった足取りで炭熾しへと向かう。その間にも次から次へと準備のためにイレーネが指示を飛ばしていれば、人々も少しずつ集まってくる。

そして。

「おっ、もうすっかり準備ができてるじゃないか！」

イレーネの読み通り、ガストンが上機嫌な顔で帰ってきた。

一人でスピアボアを背負って。

再三言っているが、スピアボアの体重は２００kgを超えるのだが……ガストンときたらまるで平気な顔である。その姿は、ある意味異様ではあるのだが……ガストンがやっているのを見れば、英雄の凱旋《がいせん》に見えるから不思議なものだ。街の人にもそう見えたか、その姿を見て大きな歓声でもって迎え。

「お帰りなさいませ、ガストン様。後はお肉を用意していただくだけ、というところまでは準備できたかと」

明らかに常識外れなガストンの格好に最早突っ込む気も起きず、イレーネはガストンへと笑顔を向ける。それが嬉しかったのか、ますます嬉しそうになりながらガストンは大きく頷いて返した。

「わかった！　じゃあまずはスピアボアの解体だな！」

「それはあちらの方でしていただけると……苦手な人もいるでしょうから」

イレーネが示した先には、肉屋が待機している。この街で家畜の解体までしている彼は、既に豚肉はある程度まで解体してくれていて、『次はスピアボアだ』と気合を入れて待っていた。

「おっ、それもそうだな！　じゃあ、悪いけど先に始めといてもらっていいか？」

「この場合、わたくし達の方が『悪いけど』と断りを入れる立場かと思うのですが……わかりました、多分そうおっしゃるのではないかと思って準備しておりましたし」

「あはは、流石だなぁ！　じゃ、そっちは任せた！」

「はい、わかりました」

ガストンとそんなやり取りをしたイレーネが広場へ戻ろうと振り返れば、何故か、大勢の街の住人が、二人のやり取りを見ていた。

「あの、どうかしましたか？」

小首を傾げながら、イレーネが尋ねる。

貴族が、まして王族が平民に直接言葉をかけるなんてことは、滅多にないこと。けれど、ガストンにすっかり影響されてしまった今のイレーネにとっては大したことでもない。

むしろ住人達の方がびっくりして一瞬黙り、お互いに顔を見合わせて。しばらくして、肝が太そうなおかみさん達が口々に答えてきた。

「あ、いえ、その……」

「奥方様と領主様、仲がよろしいのだなぁ、と」

「そうそう、何だかお互いわかりあってるみたいで、ねぇ」

「それに比べたらうちのロクデナシなんて」

「あら、それを言ったらうちのだって」

一度話し始めれば、さながらそこらの井戸端会議のよう。我も我もと話に入ってくる肝っ玉かあちゃん達の会話を聞きながら……じわじわとイレーネの頬が赤くなっていく。

「あ、あの。……わ、わたくしとガストン様は、そんなにも……仲が良さそうに見えましたか……？」

イレーネからしてみれば、かなり思い切った問いかけ。だが、問われた奥様方からすればそれこそ寝耳に水、ハトが豆鉄砲を食らったような顔になって。

それから、すぐにわっと騒ぎ出した。

「あったりまえじゃないですか！」

「こんなに仲が良いご夫婦が領主様ならうちも安泰だって、安心したくらいですよ!?」

「むしろうちのヤドロクに見習ってほしいくらいですよ、領主様を！」

「そりゃ、あたしらは奥方様みたいな美人じゃないですけども！　うちの亭主だって領主様みたいないい男じゃないんだ、そこはお互い様ってことでねぇ！」

やいのやいのとあれこれ言われるが、共通していることは一つ。どうやら、イレーネとガストンの夫婦は、この街の奥様方から見れば、かなり理想的だということ。そのことを理解して、イレーネはさらに顔が赤くなっていく。

「あんれまぁ、奥方様ってば、そんなに真っ赤になって！」

「んもぉ、美人な上に可愛いとかずるくないですか!?　いえいえ、いいんです、あたしらからすれば嬉しいことですけども！」

「さ、奥方様、料理の準備はあたしらがしますから、奥方様はどうか領主様とごゆっくり……」

「ちょ、ちょっと待ってくださいませ!?」

一度ラインを踏み越えた肝っ玉かあちゃん達の圧は、強い。ぐいぐいと押されるがままに押し流されそうだったイレーネは、なんとか声を上げて。

「ガ、ガストン様は、これから仕込みもありますので、まだお忙しいのです！　ですから、わたくしはまだゆっくりするわけには！」

と、彼女なりの正論で言い返したのだが……残念なことに、その程度で黙る程、肝っ玉かあちゃ

ん の肝は細くなかった。

「なんだ、そんなことなら、あたしらも領主様を手伝いますよ！」

「豚の内臓洗い？　そんなの手伝いで何度もやってますとも！」

「挽肉叩き？　領主様が一番だとか、街の衆の名折れってもんじゃございませんか！」

言い返すほどに、我も我もと腕利きのおかみさん達が手を挙げてくる。程なくして、イレーネが挙げる反論も尽きてしまって。

「ようござんす。奥方様、そのご懸念、あたしらが晴らして差し上げましょう！」

「そうしたら、領主様とごゆっくりしていただけますよね！」

「そ、そうです、わね……？」

ついに、押し切られた。

そして、その疑問形な承諾を受けて、奥様方は盛り上がる。

「よぉっし、早速取りかかるよ、あんたら！」

「あいさ、領主様にもゆっくりしていただかないとね！」

「そんで、今夜はお二人ともごゆっくりだね！」

「何を言ってますの!?」

思わずイレーネは声を上げてしまう。

だがその程度では、盛り上がってしまったかあちゃん達は止まらない。そして、これがまた各々手を挙げただけあって、素晴らしい手付きでガストンを手伝っていく。少なくとも、洗いに関しては任せてしまっても大丈夫だとイレーネの目にも見えるくらいに。

だから、段取りを付けた今となっては、イレーネの仕事はほとんどないように思えて。

「ご、ごゆっくり、だなんて……」

急に手空《てす》きとなったことを自覚したイレーネは、そんなことをつぶやいて、すぐに頬を赤く染めたのだった。


「うっわ、でっけぇ！　領主様領主様、これ被ってもいい!?」

「まてまて、今はだめだ、洗ったばっかだから臭いが付いちまうぞ？　ちゃんと乾かしてからだったら被っていいから、今日は我慢だ、な？」

「そっかぁ、わかった！　へへっ、楽しみだなぁ！」

ガストンや肉屋の手によって解体されたスピアボア。その毛皮に街の子供達が群がり、ガストンが愛想良く応対している。

言うまでもなく、子爵様であり領主様であるガストンに対して、平民の子供が気安く声をかけるなど本来は許されない。だが、この街ではガストンが法であり、そのガストンが快く許しているのだから、誰も何も言わない。

イレーネでさえも。むしろ、微笑ましく見守っているくらいだ。

「ねぇねぇ領主様、こいつどうやって倒したの？」

「そうだなぁ、こう、どかーんと吹っ飛ばしてな、すぱーんって首飛ばしてな？」

「うっそだぁ！　こんなデカイのがそんなに飛ぶもんか！」

「ばっか、お前見てないのかよ？　さっき領主様、ひょいってこいつ担いで来てたんだぞ？　そこにもほいって置いてたし！」

「み、見てねぇけど！　けどさ、そんなの信じられるかよ！」

純粋素直な子供達の中に、一人ちょっとだけ捻《ひね》くれた子がいたらしい。とはいえ子供の出まかせ、すぐに答えに詰まってしまい、涙ぐんでしまうのだが。

「よぉしわかった！　んじゃ、ほれ、こっちこい！」

朗らかに言えば、ガストンは涙ぐんだ子供を片手でひょいっとつまみ上げた。

小さな子供ではあるが、それでも既に30kgだかそこらはある。だが、その程度の体重などガストンにとっては羽毛のよう。

軽々と持ち上げると、その肩の上に座らせた。

「どうだ、俺はこれくらい簡単なんだぞ？　あんなデカイのだって軽い軽い！」

「うわっ!?　す、すっげぇ！　領主様すっげぇ！」

ガストンが笑いながら言えば、捻くれたことを言っていた子供も、すぐに目をキラキラと輝かせてあたりを見回した。

まださほど身長も伸びていない年頃だ、ガストンの肩に座ればその視点は地上から2ｍほどの高さになる。言うまでもなく彼が見たことのない視界になり、その広さは子供の心をくすぐって仕方がないのは当然のことだろう。

「あ～！　ずるい！　領主様、俺も俺も！」

「あ、あたしも！　次あたし！」

そんな光景を見れば、他の子供達が騒ぐのも無理からぬこと。我も我もと寄ってくる子供達に、ガストンが言うことは……わかりきっている。

「わかった！　だけど、順番な！　それから、小さい子が先だ！　お兄ちゃんお姉ちゃんは小さい子のために頑張るもんだ、できるよな！」

「できらぁ！」

「はぁい！」

ガストンの問いかけに、やんちゃそうな男の子が最初に反応して。すぐにお姉ちゃんらしき女の子が応じ、次から次へと年長らしき子供達が頷いていく。その微笑ましい光景に、ガストンは実に嬉しそうに目を細め。

「よぉし、偉いぞ！　おまえ達は立派なお兄ちゃんにお姉ちゃんだ！　我慢できる偉い子にはサービスしてやるからな！」

「「やったぁぁ！」」

ガストンが言えば、我慢する宣言をしたお兄ちゃんお姉ちゃんであるちびっ子達が歓声を上げる。

だからと言って、弟妹にあたる小さい子達をおろそかにはしない。その小さな身体を、そっと抱えて。両手で、高い高いと持ち上げる。

「きゃ～～!!」

その勢い、高さは未知のもの。そして、それが与えてくれる興奮も。抱え上げられた小さな少女は楽しげな歓声を上げ、それを見た子供達はさらに目を輝かせる。

次は自分が、とも思う。しかし、領主様は我慢すればサービスをすると言った。となれば、今はちゃんと我慢しよう、と皆が皆、我慢をして。

「よっし、じゃあ次の子だ！　ちゃんと我慢できた偉い子にはサービスするぞぉ！」

そう言いながら、待っていた男の子をガストンは抱え上げる。

年齢が上がっている、しかも男の子。だから、さっきよりもちょっとだけ勢いよく、高く上げても問題ない。実は内心でそんな計算をしていたガストンは、先程の女の子よりもちょっとだけ高く、男の子を高い高いと持ち上げる。

もちろん細かいことは男の子も、周囲で見ている子供達もわからない。しかし、何だかさっきよりも勢いが良いことだけはわかる。そして、一層楽しそうであることも。

何度か男の子を持ち上げた後、次の女の子を。さらに次、とガストンは疲れた様子もなく次々と高い高いをしていったのだが。

「っと、そろそろ肉が焼けたみたいだな！　お前らも行って、食ってこい！」

「やったぁ、肉だぁ！」

「領主様、食べた後、またいい？」

「おう、いいともさ！　だから、まずはちゃんと食ってこい！」

焼ける肉の匂いが変わったことを察知したガストンが言えば、子供達がそれぞれの反応を見せる。

食欲旺盛な男の子達は一目散に肉へ。

まだ遊び足りない女の子は、ガストンへと名残惜しそうに。

どちらがいいか迷っている小さな子は、その兄姉が手を引いて『まずは食べろ』と連れて行った。

こうして、賑やかだったガストンの周囲が、ようやっと落ち着いたところで、声がかかる。

「お疲れ様でした、ガストン様」

「お？　ああ、そっちもお疲れ様。ありがとなぁ」

駆けていく子供達を眩しそうに目を細めて見ていたガストンへとイレーネがエールで満たされたジョッキを差し出せば、ニッカリと笑ってガストンもそれを受け取る。

それから、イレーネの手元を見て。

「よかった、ちゃんと乾杯ができるな」

「力加減はしてくださいましね？」

などと言い合いながら、ジョッキとワイングラスを軽く打ち合わせ、それから、お互いに一口だけ口を付けて。ふぅ、と息を吐き出す。

「いやぁ、みんな楽しんでくれてるみたいで、何よりだ！」

「そうですね、急な催しでしたが、こんなにも……まるで街の人全てが来ているみたいです」

後に統計を取れば、ほぼ全住民が一度は顔を出したらしい、と知るのは後日のこと。そんなことを知る由もない二人は、ただただ、この催しの盛況ぶりに頬を緩めるばかり。

「ありがとな、色々と段取りを組んでくれて」

「とんでもない。こちらこそ、魔獣を仕留めてくださってありがとうございます。そうでなければ、今、この光景はありませんでした」

もしも仮に、スピアボアがそのまま街へと向かってきていたら。きっと、今ここで楽しんでいる人々の何人かは怪我をするなりもっと悲しいことになっていたことだろう。

けれど、そうはならなかった。ならなかったのだ。

当たり前の日常が、ちょっとだけ贅沢なハレの日に変わってこうしてあることのありがたさに、イレーネの胸が熱くなる。

「本当に……ありがとう、ございます……」

きっと自分も、嫁入り先がガストンでなければ、悲惨な未来があり得た。

けれど、そうはならなかった。ならなかったのだ。

そう思えば、そのありがたさに涙も滲んでくる。

「やっ、そんなっ！　礼を言われることじゃないって！　俺はほら、ああいうのが得意なだけで……ほら、申請書だとかはあなたに助けられてるし！」

幸か不幸か、ガストンは感覚の鋭い男だ。イレーネの涙にも気づいたし、何とかしなければと思う善良さもある。ただ、どうすればいいのかという最適解がわからない。経験が皆無なので。だから、自分でわかる慰めしかできなかった。

「そ、そうだ、これ、食ってくれ！　スピアボアの肉の中でも、特に美味いって言われる部位でな！」

空気を読んだか、無言でファビアンが差し出してきた皿を、そのままイレーネへと渡した。ちなみに、ガストンは肉の焼けた匂いで良い部位かそうでないかがわかる、という誰得な特技がある。今この時ばかりは、その特技に感謝だったが。

「あ……美味しい、です……こんな、美味しいお肉が……」

口にした肉の美味さに、イレーネが微笑む。

涙腺はさらに緩んでしまって、またポロポロと涙は零れてきてしまうけれども……それが、心の痛みからくるものではないとわかるからか、ガストンも先程みたいには慌てない。

「そっか、よかった！　あなたに美味い肉を食わせられて！」

心の底から安堵した笑みが零れる。

何しろガストンは単純な男だ、美味い肉が食える、すなわち幸せ。そんな思考回路の男だ。だが、今この時ばかりは、それはきっと良かったのだろう。

「はい、よかったです。……この国に来られて……ガストン様の、配偶者になれて……。わたくし、故国ではこのような美味しいお肉など、食べられませんでしたから」

イレーネは、笑った。王族である彼女が、美味しい肉を食べられなかったという、ある種の恥とも言えることをさらりと言いながら。もちろんそれは、彼女からすれば、気遣いのつもりだった。この国に来てから、とても良くしてもらっている、ということを言いたかっただけなのだ。

だが。

彼女にとっては残念なことに、ガストンは鈍い男ではなかった。色々と頭も気も回らないところはあるが、肝心なところで鋭い男である彼は、イレーネの言葉の裏にある様々な事情を、朧気《おぼろげ》ながらにも感じ取る。

結果。

「そ、そうなのかぁぁぁぁ！！！」

だばぁ、と涙を滂沱《ぼうだ》のごとく流しながら、ガストンがイレーネの両手を握った。……何故だか、ただそれだけだというのに、手が熱い。なんなら、顔も熱い。別にイレーネは、さほど酒を飲んではいないというのに。

「な、なら、食ってくれ！　俺の分もやるから、たっぷり！」

そう言いながらガストンは、次から次へと、自分の皿に載っていたスピアボアの肉をイレーネの皿へと移していく。肉が好物だと言ってはばからない彼にしては珍しい、というか天変地異ものの出来事に、彼を良く知る周囲の人間は目を丸くしてしまう。

もちろんイレーネも、それがどれだけのことか、何となくはわかる。

「お、おまちください、ガストン様、わたくし、そんなには食べられません！」

「な、なら、食べられるようになってくれ！」

混乱するイレーネという珍しい光景に、さらに慌てたのかガストンも混乱していた。

夫婦二人して絶品の肉をお互いに押しつけ合うというとても珍しい光景に、先程イレーネを囲んで井戸端会議をしていたおばちゃん達がそれはもう顔をツヤツヤテカテカさせながら言う。

「まあまあ、領主様も奥方様も、本当に仲がいいことで！」

「この分だと、遠からず……ねぇ！」

ニヨニヨとしか形容のしようがない笑みで、彼女達は言う。

それは、さほど的外れでもなかったのだが……当事者二人は、まったく知る由もなかったのだった。

5 夫婦への、はじめの一歩、二歩、三歩、たくさん

ガストンが人に肉をあげるという珍しい出来事もあり。

「もっと食ってもらわないとなぁ！」

と張り切って豚の解体ショーを披露し、以前のように内臓肉を叩き。

それを見た子供達ははしゃぎ、おばちゃん達は『領主様に負けてられないねぇ！』と肉を叩き。

周囲でそれを見ている者達は、酒を片手にやんややんやの大盛り上がり。

こうして、突発的に決まったガストン発案の肉祭りは、盛況のうちに幕を閉じた。


その夜。

昼は山を歩き、夕方から夜にかけては肉祭りの準備に奔走したイレーネは疲れきっている、はずだった。普段であればとっくに眠気が襲ってくる時刻だというのに、まるで昼間のように目が冴え

てしまっている。また、疲労困憊《こんぱい》になっていてもおかしくないというのに、身体は活力で満ちていた。

「……どうしてしまったのかしら。まるで眠くならないわ……」

ベッドに寝転がりながら、まんじりともせずにイレーネはぼやく。

ちなみに、ガストンは軽く飲み直すらしく、先に寝てくれと言われているため、ベッドの中には一人である。たまにあることではあるのだが、今日ばかりは一人のベッドが妙に広い。ガストンの体積が、存在が感じられないことが妙に寂しい。

「身体がうずうずして、今にも走り出してしまいそう……お酒のせいかしら」

などと原因を考えるのだが、どうもしっくりこない。

そうこうしているうちに、本当に軽くだけ飲み直してきたらしいガストンが寝室に入ってきた。

「お？　なんだ、まだ起きてたのか？」

「ガストン様……はい、何だか寝付けなくて」

「はは、今日は楽しかったからなぁ、あれだ、祭りの後に気が昂ぶるタイプだったのかな！」

「そ、そんなことは……ない、とは申しませんけれども……」

珍しいことだとガストンがからかえば、照れたような声でイレーネが返す。

ただ、祭りの興奮がまだ抜けきっていないのかもしれない、とも思う。交わす言葉の気安さが、あの時のそれに似ているように思えたから。

だから、きっとそうなのだと安堵したその時。ガストンが、ベッドに上がって来た。そして、いつものように隅っこへと移動していった、のだが。その時に、ふと漂ったガストンの匂い。途端に、何故だがイレーネの身体の芯がかっと熱くなった気がした。

ところで。

古来より、動物の肉は滋養強壮に良いと言われている。

豊富なタンパク質、穀物や野菜からは摂取しにくいビタミン類等々、様々な栄養が詰まっているのは確かである。そして、魔獣であるスピアボアの肉が持つ滋味は、普通の獣など比べものにもならない。

つまり、精力を増強させるあまり媚薬《びやく》のような興奮作用を持つことがあるのだ。

だから。

「ガストン様」

イレーネは、声をかけた。

「んお？　どした？」

いきなりのことに、ガストンがやや間の抜けた声で返しながら、イレーネの方へと身体を捻るようにして振り返る。

と、イレーネはガストンの肩に手をかけ、体重を乗せ、ころんと仰向けに返した。普段から身につけていた護身術と、てこの原理のちょっとした応用である。

「へ？」

だが、まさかいきなりそんなことをされるとは思ってもいなかったガストンは、ぽかんとした顔のまま反応ができない。その機を逃さず、イレーネは素早くガストンの腹の上へと、馬乗りにまたがる。

「へ⁇」

繰り返される、間抜けな声。

だがすぐに、触れあう部分で感じるイレーネの柔らかな脚や腰の感触とその身体が放つ熱を感じ取り。

三秒ほど経って、それが何かを理解したガストンは、顔を真っ赤に染めた。

「ちょわぁぁぁ⁉」

「ガストン様、夜中にそんな大声を出しては、皆さんの迷惑ですよ？」

窘めながらイレーネは微笑みを浮かべた。今までガストンが見たことのなかった類いのものを。

「ま、待ってくれ、なんでこんな、急に⁉」

「なんでも何も、わたくし達は夫婦なのですから、当たり前のことでしょう？」

答えるイレーネは、何とも艶然としていて……初めて見るその色香に、ガストンの喉がごくりと鳴る。

元々あまり肉を食べていなかったイレーネにとって、スピアボアの肉、その滋養は強烈だった。

強烈すぎた。結果、身体は火照り、疼《うず》く。さらに、酒も入り、何よりも今までの暮らしで、祭りの空気で、すっかりイレーネはガストンに心を許していた。

そこに彼が同衾してきたため、イレーネは身体の奥から沸き上がる渇望にも似た欲求に押し流されてしまったのだ。

「い、嫌だって言ってたじゃないか!?」

「はい、前は確かに嫌でした。ですが、今は嫌ではありません。だから、わたくしは問題ありません」

「そうなのか!?」

予想外の答えに、ガストンは驚きの声を上げたのだが。そこには、驚き以外の……喜びの色も、少しばかり混じっていて。

「後はガストン様のお気持ちだけ、ですが……大丈夫そうでございますわね」

馬乗りになったまま探るように腰を僅かに動かしてからイレーネが言えば、真っ赤な顔のガストンは両手で顔を覆った。

言葉よりも雄弁に彼の身体が語っていたものだから、こういったことに不慣れな彼は恥ずかしくて仕方がない。これでまだ酔いで頭が痺れていればましだったのだろうが、彼の頑強な身体はすっかり酒精を分解してしまっていた。

対してイレーネは、まだ酒は抜けず、肉の滋養は満ち満ちている。彼女の箍《たが》は、完全に外れてしまっていた。

「ガストン様、わたくしは、あなたの何ですか？」

「あ、あなたは、俺の、妻、だけどもっ」

「だめです。それではだめです。あなたではなく、イレーネと呼んでください」

「うえええぇ!?」

イレーネの要求に、ガストンは覿面にうろたえた。

そう、彼は今まで敢えて彼女を名前で呼んでいなかった。恥ずかしかったのだ。この美しい人を、名前で呼ぶのが。何より、名前で呼んでしまえば、本当の夫婦になってしまう気がしたから。

だから、イレーネは名前で呼ぶことを要求した。

そして。

「い、イレーネは、俺の、妻、だ」

「はい。わたくしはガストン様の妻です。そして、ガストン様はわたくしの夫です」

ついに根負けしたガストンは、イレーネの名前を呼んで。イレーネは、それはもう幸せそうな笑顔で答えた。そのあまりの美しさに、ガストンは思わず我を忘れそうになったのだが。

「それでは、これで夫婦になる準備はできましたわね」

「うえええぇえ!?」

厳しい現実に、引き戻されてしまった。

正論を好む彼女は、酔いと熱に浮かされた今も手順を踏む。強引ではあったが。そして、手順を踏み終えた後はもう止まらない。

だが、ガストンとしては簡単に流されるわけにはいかなかった。

「ま、待ってくれ！　そ、その、そういうことをしたくないわけじゃない、ないんだが！　俺が、その、触れたりしたら、あなたを壊しそうで」

「あなたではありません、イレーネです」

「おうふ!?　イ、イレーネを壊しそうで！」

ぴしゃりと言うイレーネの圧に押され、混乱したままガストンは言われるがまま、言い直す。言い直させたイレーネは、どこか満足げな顔でうんうんと幾度か頷いて見せた。

「やはり、そういうことを気になさっていましたか」

「き、気づいてたのか？　だ、だからほら、もうちょっと俺が加減を覚えてから……」

しどろもどろに言い訳がましいことを言うガストンを、しばし見下ろす。それから、ほふ、とイレーネは溜息を零した。

「正直に申しますと、わたくしも気になってはおりました。ガストン様の膂力《りょりょく》は常人のそれではなく、普段はともかく、事の最中に無我夢中で触れられるとどうなるのか、と」

「な、何か生々しいな!?　で、でも、あなた……いや、イレーネもそう思うだろ？」

じろり、と見下ろされて、慌てて言い直すガストン。それに満足したのか、それとも同意のためにか、イレーネは幾度か頷いて見せる。

「確かにわたくしも、そう思っておりました」

その返答に、ガストンは安堵した。

だから気づかなかった。イレーネが、過去形で言ったことに。

そして彼は忘れていた。イレーネは、彼よりも賢いのだということを。

「ですが、ある時気がついたのです。別に、ガストン様に触れていただく必要はないのではないか、と。なんなら、わたくしが全て致せばいいのではないか、とも」

「うえええええええ!?」

まさかの発言に、ガストンの口からこの日一番の悲鳴が飛び出た。

だが、反論の言葉は出てこない。確かにそれはそうだ、とも思ってしまったから。

それをいいことに、イレーネは侵攻を開始する。

「さ、ということで全てわたくしにお任せください。なんでも天井の模様を数えている間に終わるそうですから、ガストン様はどうぞ気を楽に」

「なんか違う!　むしろなんもかんも違わないか!?」

「まあ普通とは違うのでしょうが……わたくし達、大体において普通とは違うのですから、よろしいのではないでしょうか」

「納得しちゃいそうになったぞ!?　あ、ちょ、まっ！」

流されそうになったガストンが、ギリギリのところで踏みとどまる。だが、イレーネはそこで折れることはなく。

「ガストン様。わたくしはあなた様と真に夫婦となりたいのですが……ガストン様は、お嫌ですか？」

小首を傾げながら問われて、ガストンは、答えに窮した。

何故ならば。

「嫌なわけ、ないっ！　なりたい、けどもっ！」

彼とて、それは望むことだったから。まあ、こういう形ではなかったが。

しかし、イレーネにとっては、それで十分で。

「では、これで全ての問題は解決されましたね」

「解決してない気がするんだけどなぁ!?」

それでもガストンはこう言うけれども……彼に抵抗する気があれば、イレーネなど簡単にひょいっと撥ね除《の》けられるだろうに、それをしない。

ということは、つまりそういうことなのだ。

「さあ、わたくしに身を委ねてくださいませ！」

「ひやぁぁぁぁ!?」

その日。明け方までガストンの悲鳴が響いたという。

「す、すごかった……」

呆然とした顔で、ガストンはつぶやいた。

時刻はまだ明け方、冬も近くなってきた今となっては肌寒く感じるはずだというのに、汗をかくほど身体は熱を発している。

とっくに眠る時間は過ぎている、むしろ起きるべき時間が近づいているというのにガストンの目は冴えきっていて、むしろ今から走り回りたいほど。身体を突き動かす衝動のピークは過ぎたが、今も尚、彼の身体の芯では生命の熱が暴れている。

その原因は、言うまでもない。

「ん……ガストン、さまぁ……」

すぐ近くで、甘えたような声がする。

びくっと身体を震わせそうになって、即座にその反射的な動きを意思の力で抑え込む。一流の戦士だからこそできる、反射を凌駕《りょうが》する意思の力をこんなところで発揮してしまうくらいに、今のガストンは研ぎ澄まされてしまっていた。

声の主は、そして、ここまでガストンを研ぎ澄まさせてしまったのは、もちろんイレーネ。箍が外れて肉食獣かのごとく振る舞っていた彼女は、流石に体力が尽きたのか、今は穏やかに眠っている。

色々と、あられもない格好で。

目のやり場に困ったガストンは、慌てて天井を見上げた。昨夜ですっかり見慣れてしまった天井を。

「模様を数えてる間に終わるとか、嘘じゃないか……」

ぼそりとつぶやくも、聞きとがめる者は誰もいない。いや、誰かが聞いたとしても、微笑ましいものを見るような生暖かい笑みを向けられるだけではあるのだろうが。だが当の本人であるガストンはとてもそんなことは思えず、呆然と天井を見上げるだけ。

確かに、昨夜は凄かった。人生で初めてであり、きっと二度とこんな凄まじい夜はないだろうと思える程に。

「イレーネが、まさかあんなに何度も、とはなぁ……」

昨夜何度も言わされた結果、口に馴染んでしまった、イレーネという言葉。そんなことにも気がついて、ガストンは顔を赤らめる。

昨夜、何度彼女の名を呼んだか、最早覚えていない。

そして、何度呼ばれたかも。

それだけ求め、求められた。

その熱の名残は己の身体の中にも残っているし、今も感じさせられている。

分厚い胸板の上、最上の布団で寝ているかのごとく満ち足りた顔を見せているイレーネ。すっかり寝入って脱力しきった彼女の身体は、極上の羽毛布団かのように軽く柔らかく、温かい。

いや、熱い。

少なくとも触れあった肌は火傷《やけど》するかのごとく熱いし、ガストンの身体の芯は今も尚滾《たぎ》っている。それでいてその熱は、今までに感じたことのない安心感を与えてくれていた。

「……これが、幸せってことなのか……？」

つぶやきながら思い出すのは、長兄が言っていた夫婦生活のあれこれ。あーだこーだと言っていたが、結局のところ、ちゃんと言葉にしろ、きちんと抱きしめろ、ということだったように思う。

残念ながら、抱きしめたくとも今ガストンの左腕は動かない。がっちりとイレーネが抱え込んでいるから。

「こ、これも、抱きしめたってことになるのか……？」

抱きしめろと言われたが、その時相手は抱きしめられているわけで。今こうしているのは、逆の格好。それでも、イレーネから見れば抱きしめている。

そして、抱きしめられているガストンは。

「……むぅ……」

言葉に、できない。

恥ずかしいとも思うし、嬉しいとも思うし、他にも様々な感情が沸き立っていく。

ただ一つ言えるのは、満たされている、ということ。ありとあらゆるプラスの感情が満たされているような全能感に、ガストンは戸惑っていた。

何しろ物理的には無敵とも言える彼だ、そういう意味での全能感を感じたことはある。成長するにつれて、その全能感に身を任せてはいけないと学び、今では振り回されることもなくなったが。

だから、ある意味で普通の人間よりも全能感との付き合いに慣れてはいるはずだ。

だというのに、今こうしてイレーネと触れあって感じている全能感はそれとはまったく違い、それ故に制御できない。もっと戸惑うのが、多分制御しなくていいと本能的に思っている、ということ。

己の膂力を全能感のままに振るえば悲惨なことになることは、とっくにわかっている。だから彼は、それらを抑え込むノウハウを持っている。その彼が振り回されているこの感覚は、一体何なのか。恐らくそれが、先程彼がつぶやいた、幸せというものなのだろう。

「まさか、なぁ……俺が、こんな気持ちになるだなんて……」

はぁ……と大きく息を吐き出す。

ずっと、異質な存在として生きてきた。

ファビアンを始め、多くの人達が親しく絡んできてはくれる。だが、どこかで引かれた線を感じてもいた。

辺境伯子息という身分、比類なき武力。それらは、ガストンを特別な存在として持ち上げ……孤立させていた。たとえばファビアンだって、幼なじみで気安いが、大将と呼び敬語を使う。家族以外では一番近い彼でそれなのだ、他の人間で、辺境伯軍出身者と言えどもそれ以上近い人間はいない。

いなかった。

だがそれは、昨日までのこと。

誰よりも近いところに、踏み込まれた。自分が踏み込まなければいけない、しかし、と躊躇っていたところに、猛烈な勢いで。

きっと、勢い任せではあったのだろう。

理性が緩んでいたが故の行動ではあったのだろう。

普段の彼女であれば、きっとこんなことはしなかった。

けれども。

「……そういうつもりがあったから、飛び込んできたんだよなぁ……」

元々、貴族王族の婚姻だからと、そういう覚悟があることは最初の夜に聞いてはいた。

だが、その後そういった会話がされることはなかった。お互い忙しかったということもある。疲れていたということもある。

だがそれ以上に。

「あのまんまの方が、気楽だと思ってたんだけどなぁ……」

そう、気楽だった。

理性的で自制心の強い、それでいて程よく女性的なイレーネの隣で眠るのは、何とも言えない安心感があった。

このまま過ごすのもありかもしれないと思ったこともある。

それではいけないとも、もちろん思った。

だが、一歩踏み出すには、己の身が枷《かせ》となっていた。

そんなことは、イレーネにはお見通しだった。

「まさか、あんな……なぁ……」

昨夜。

イレーネは、肉食獣のごとく求めてきた。

だが、確かに初めてでもあった。

それでも彼女は、踏み越えてきてくれた。ガストンの葛藤を知って、それを越えるために。

そう思えば、一層胸が熱くなる。

「大事にするどころか、俺が大事にされてるじゃないか……」

そうつぶやけば、目頭が熱くなる。

人並み外れて丈夫なだけに、粗略に扱われることもあった。

強いことが当たり前でもあった。

だがイレーネは、そんなガストンの強さを知ってなお、弱いところに寄り添ってくれた。彼が手を伸ばすことができないところに、自分から来てくれた。

それを愛と言わずに、何と言おう。

「そっか。これが、愛か」

すとんと、胸の奥に何かが落ちてきたような感覚。

言葉がその感情に形を与えてくれれば、理解もできる。

ガストンの胸の内にもまた、イレーネへの愛があるのだと。

初めて出会った頃よりも、彼女の強さも弱さもずっとよく知った。そして、その弱さすらも大事にしたいと思っている。

愛しいと、思っている。

これが、愛と呼ばれる感情なのだと、やっと理解できた。

そしてイレーネは行動で示してくれた。

だからガストンも、行動で示したい。そう思った時、彼の口を衝く言葉があった。

「そうだ。ここに教会を建てよう」

それが簡単なことではないとはわかってはいるが。

それでもガストンは、そう口にして、うん、と力強く頷いた。

「ん……ガストン、さま……？」

　ガストンが零した言葉に反応したのか、胸元でイレーネの声がする。

　もぞり、と彼女が動く度に、なんとも言えないむずがゆいような感覚が襲ってきた。だめだ、これはだめだ、と思いながらも、腕にしがみつかれたガストンは逃げることができない。

　すっかり固まってしまったガストンの目の前で、イレーネがくしくしと目をこする。……差し込む朝日の中、色々と、見えてしまっている。イレーネの、あられもない姿が。

　当のイレーネは、気づいていないのかまったく頓着した様子もなく、ガストンへと微笑みかけてきた。

「おはよう、ございます……」

「お、おう、おはよう……」

　ほにゃ、とでも擬音が付きそうな、柔らかくあどけない笑顔。初めて見るイレーネのそんな顔に、ガストンの心臓がドクンと跳ねた。ついでに別の部位も跳ねたが、そこは意識しないようにして。

　さてこの状況をどうしたものか、と思案を巡らせるのだが……先に、イレーネの方が現状を把握したのか口を開いた。

「あら……まあ……その、ガストン様、申し訳ございません。わたくしったら、何てはしたない……」

「い、いや、気にしないでくれ……その、ほら、夫婦なんだし」

　頬を染めながらイレーネが言えば、自然とガストンの口から出た言葉。それを聞けば、一瞬イレーネは驚いたような顔になって。すぐに、嬉しそうな顔をガストンの胸元へと埋《うず》め、ぎゅっとさらにガストンの左腕を抱えこんでしまった。

ガストンは、困った。

ますます身動きが取れなくなった、だけではない。この体勢を、崩したくないと思ってしまった。そのことを、自覚もしてしまった。まさか自分がそんなことを思うようになるとは、ほんの少し前は考えもしなかった。そのせいで、今まさにどうしたらいいのかわからなくなって、硬直するしかなくなっているのだが。

「あ、あ～……その、イ、イレーネ？　腹減ってないか？　そろそろ朝飯の時間だと思うんだが……」

「……ガストン様が、それをおっしゃいます？　きっと屋敷中の人が、今日はわたくし達が寝坊すると思っているのではないかと」

「あうっ……」

くすくすとイレーネが悪戯な声で笑えば、ガストンの顔が真っ赤に染まる。

彼とて、昨夜かなり大声で悲鳴を上げた自覚はあった。それがどれくらい響いたかなど確かめようもないが……比較的防音がしっかりしている二人の寝室であっても、遮れなかっただろうことは間違いない。そのことを思えば、ガストンの顔が真っ赤になるのも仕方がないことだろう。

ただ一つ、彼の声のおかげで、イレーネの艶めいた声は誰にも聞こえなかっただろうことだけは幸いだったが。そんなささやかな独占欲が芽生えていることに、ガストンは気づいていないけれども。

「うぁ～……起きたくない……部屋の外に出たくない……ファビアンとかと顔合わせたくない……」

「お気持ちはわかりますけれども。……幸い、ガストン様のおかげもあって様々な業務の進捗は良好ですから、一日二日お休みしても問題ないとは思いますよ？」

「そ、そうか？　なら……いや、まてよ……？」

ならば休んでしまおうか、と思ったところで、ガストンは思いとどまった。

それだけ順調な状況であれば、先程思い浮かんだあれを差し込むこともできるのではないか。悪くはないアイディアに思えたが、しかし口にすることが躊躇われた。

これはもしや、秘密裏に進めて、完成後サプライズでイレーネに教えた方がいいのではないか。

柄にもなくそんな計算をしかけたガストンだったが……唐突に、かつてファビアンが言っていた言葉が脳裏に蘇る。

『サプライズなんてのはね、所詮やる側の自己満足で、やられる側は大体喜ばないっすよ。特に女性は、色々こだわりが強いことが多いっすから、重要なこと、でかいことであればあるほどサプライズは避けた方がいいっす。相手のことを何もかんもわかってるってんなら別ですが、そう思う奴に限ってわかってないし、そもそも大将にそんなセンスないっしょ？』

……思い返してみれば散々な言われようだが、かと言って反論もできない。

イレーネのことを何もかもわかっているかと言われれば、残念ながら首を横に振るしかないし、むしろわかっていないことの方が多いくらいだという自覚もある。

この状況で、さらに予算もあれこれ使う事業に関してイレーネに気づかれず黙っていることなど、不可能にも程があるというものだろう。そして、後からバレたら確実に怒られる。それも大目玉だ。

ファビアンが面白おかしく語っていたサプライズ失敗例ですら大事《おおごと》になっていたのだ、使う金額の桁が二つも三つも違う話であれば、どれだけ怒らせるかわかったものではない。

それに何より。

イレーネがどう思っているのか、聞いてみたいとも思った。

「な、なぁ、イレーネ？」

考え込んでいたガストンを問いただすでもなく待っていたイレーネへと、声をかける。……待っていてくれたのだと理解して、心に温かいものを感じながら。

もちろん、待っていてくれたイレーネは当たり前のように言葉を返す。

「はい、なんでしょう？」

『待っていました』と言わんばかり、な勢いではなく。

それでいて、不意を打たれたかのようなタイミングでもなく。

絶妙な間合いと調子で返されて、それが何故か妙に嬉しかった。

「あの、な。相談があるんだけど。……教会をな、建てたいんだ。この街に」

だから、素直にガストンは口にできたのだが。

何故かイレーネは、しばし黙った。

あれ？　とガストンが怪訝な顔になったタイミングで、イレーネが顔を上げ。

「ガストン様。何故建てたいのか、お聞きしても？」

当然とも言える問いに、今度はガストンの方が言葉に詰まる。言うと決めはしたが、それを口にするのは何とも恥ずかしい。しかし、これを言わねば前には進まないし、何よりイレーネの気持ちを確かめられない。であれば、己の恥ずかしさなど些末《さまつ》なことだと、ガストンは恥じらいを振り切った。

「あのな、結婚式をやり直したいって思ったんだ。この街の、皆の前で。今なら、イレーネと一緒になることを、ちゃんと誓えると思う。そのために、建てたいんだ。イレーネは、どう思う？」

ガストンは、先程までただの思いつきだったことを、言葉に変えた。そうやって言葉にすれば、すとんと腑に落ちたような感覚。確かに自分はその形を望んだのだ、と納得がいった。

だが。

イレーネから、返事がない。

「イ、イレーネ……？」

もしかして怒らせてしまったか？　と心配になりながらガストンが声をかければ。

もぞり、とイレーネが動いた。

そのまま、ガストンの腹の上へと移動する。……昨夜、何度も見たポジションへと。

「ちょっ、イレーネ!?」

「どうしてくださるんですか、ガストン様。キュンとしてしまったではありませんか」

「ま、まってくれ!?　キュンとしたのと、馬乗りになることと、どう関係があるんだ!?」

ある意味当然、ある意味無粋な問いへと、イレーネが返すのは……昨夜ガストンが何度も見た微笑み。それだけで、ガストンの身体は昨夜の記憶を呼び起こしてしまう。そして、同時に悟ってしまう。まだ、イレーネの身体から魔獣肉の効果は抜けていない、と。

「キュンとしたら、身体が疼くようになってしまったようです。ガストン様のせいで」

「俺のせいって言われるのはちょっと違う気がするんだけどなぁ!?」

顔を真っ赤にしながらガストンが言い返すけれども。その程度では、今のイレーネを揺るがすことなどできはしない。

「あら……他の誰かのせいになってもよろしいのですか?」

「それはっ、嫌だけども!　だめだけども!」

芽生え始めた独占欲が、ガストンにそう言わせた。それはまた、イレーネの中の熱を煽《あお》ってしまうのだが……今のガストンに気づく余裕はない。

「では、問題ございませんね」

「むしろ問題しかないと思うんだよなぁ!?」

と、グイグイくるイレーネになんとか口では抵抗を試みた。

けれど、もちろんそれは無駄に終わって。


その日、気を利かせたファビアンとマリーが仕事の調整をしたおかげで、二人が昼過ぎに食堂に姿を見せても業務に一切の支障は生じなかった。


なんやかんやあって、二人が起き出してきたのは昼過ぎ。

普段よりも随分と遅い起床だったというのに、イレーネの身だしなみを整えるマリーは随分とご機嫌だった。

「さ、今日はまずしっかり身体を綺麗にしないといけませんわね！」

「え、ええ、お願いするわね。……あの、マリー？　随分と嬉しそうだけれど……もしかしなくても、聞こえていたわよね？」

「何のことかわかりませんね！　ささ、お湯を沸かしてもらってますからね、まずは湯浴みをいたしましょう！」

イレーネの問いにマリーはとぼけて見せるが、昼過ぎだというのに湯浴みの準備をしているあたり、何が起こったのかはよくわかっているようだ。

だからといって問い詰めても、イレーネが恥ずかしいだけである。寝直して、ほとんど魔獣の肉の媚薬効果が抜けている今のイレーネには、流石に耐えきれない。重点的に洗う場所からしても、察しているのは明らかなのだから、何も言わない方が良いのだろう。

「……あら、イレーネ様、お肌が随分と綺麗ですね？」

「そ、そう？　わたくしはよくわからないのだけれど」

マリーの問いに、イレーネは首を傾げて答えるも……言われて見れば、肌の調子がいい気がする。

それもそのはず、魔獣の肉を食したことで必須アミノ酸をたっぷりと摂取した上に、婚姻して以来の懸案事項が解決してストレスも解消、色々な意味で発散して充実した夜を過ごしたのだから、お肌もツヤツヤプルプルである。

なお、コラーゲンの経口摂取は科学的には意味がないと言われるが……魔獣の肉には確かに効果があったらしい。だから、イレーネの肌はマリーが今まで見てきた中で最高の調子なのだが。どうやら、マリーが言いたかったのはそうではなかったらしい。

「いやいや、イレーネ様がおわかりにならないはずがないでしょう？　その、殿方から触れられれば色々と痕が残ると言いますし、それを隠すお化粧が必要と聞いていたのですが……綺麗なものだなぁ、と。でも、その、ちゃんとすべきことはなさったご様子ですし、どういうことなのかな、と」

と、長々不思議に思ったことを述べたマリーだったが。不意に、何かに気がついたのか、表情が変わった。

「ま、まさか、ガストン様ったらろくに愛撫することもなく事を致したとかですか!?」

「まってマリー、そういうことはあまり大きな声で言うべきではないと思うの！」

慌ててイレーネが止めるも、マリーの気は収まらない。

ちなみに子爵夫人であるイレーネ専用の浴室はこの屋敷の中でも特に防音されている場所であるため、そうそう周囲に聞こえることはないのだが……音が反響する分、中にいる人間としては不安になってしまうのも仕方がないところだろう。だからイレーネは、動揺したままマリーを何とか宥《なだ》めようとする。

「あのね、落ち着いてちょうだい。大丈夫、ガストン様から無体な真似はされてないわ」

「そ、そうなのですか？　でしたら、よろしいのですが……」

そう言われれば、マリーも落ち着きかけたのだが。

「むしろ無体を働いたのはわたくしの方だし」

「どういうことですか!?」

ぽろりとイレーネが本当のことを言ってしまえば、今度はマリーが慌てる番である。

元々の性格、何よりも二人の体格差を考えれば、イレーネが無体を働くことなどできるはずもない。ないのだが、どうやら表情を見るに本当らしい。そうとわかれば、マリーが混乱してしまうのも致し方ないところ。問い詰められ、観念したイレーネが説明すれば……マリーはしばし絶句し。

「ひ、姫様のけだものぉ……」

「ええそうよ、あの時のわたくしはそう言われても仕方ない状態でしたっ！」

頬を染めたマリーが言えば、顔を真っ赤にしたイレーネが拗ねたように顔を背ける。

閨教育では『全て殿方にお任せになってください』などと教えられる時代である、女性の方からなどマリーには想像もつかない。

あるいは熟練者ならば、と思うが……目の前にいるイレーネは、言うまでもなく、昨夜が初めて。だというのに、話を聞いてしまったせいか、貫禄すら感じてしまう。

「うう、姫様が大人になってしまわれました……むしろなりすぎました……」

「マリー、どう返せばいいかわからなくなることを言うのはやめてもらえるかしら……？　そもそもあなただって、わたくしとガストン様がうまくいくことを願っていたでしょう？」

「願っておりましたけれども！　望んでおりましたけれども！　こういう形はちょっと予想外すぎて、どんな顔したらいいのかわからないのです！」

「奇遇ね、今ちょうどわたくしも、どんな顔したらいいかわからなくなっているわ……」

涙ながらにマリーが力説すれば、溜息をつきながらイレーネは首を横に振った。

確かに昨夜はイレーネが主導権を握った上に大分好き勝手やった自覚はあるが、言われるほどだろうか。……言われるほどだったような気がしてきて、イレーネの頬が赤らむ。やりすぎと言えばやりすぎだったのだろう。色々な意味で。

だが、とイレーネは気を取り直す。

「確かにマリーが困惑するのもわかるけれど、こうしてあなたの手間も減るし、わたくしがちょっとあれこれした程度でガストン様のお体がどうなるわけでなし、一番理に適った形ではなくて？　確かに常識外れではあるでしょうけれど」

「それは……確かに、そうなんですけれど……こう、清純な姫様が、恥じらいながらも……というのが風情があるような気がして……」

「あなたの風情のために致すわけではないのだから、そこは勘弁してほしいわね」

まだ割り切れないらしいマリーに、溜息をついて見せる。

こうして普段通りの心持ちになってみれば、確かにイレーネとしてもあれはどうかと思わなくもない。

だが同時に、あのやり方が一番合理的であるとも思う。少なくともガストンがイレーネに怪我をさせてしまわないか心配する必要はないし、イレーネの身体に不必要なダメージを与えることもない。

こうして言い合いをしながらも普段と同じように湯浴みができているのが何よりの証拠。であれば、マリーの気持ちは一旦置いておく方がいいだろう。

「まあ、ガストン様のお気持ちがどうか、はあるけれど……多分あの方も、割り切れないところはあれど、受け入れざるを得ないのではないかしら」

「それは確かに……ガストン様、お優しいですものねぇ」

この国に来たばかりの頃であればとても口にしなかったであろうことを、当たり前のように言うマリー。そのことに気づいたイレーネは、少しばかり唇に笑みを乗せる。

そう、ガストンは、優しい。

その優しさにつけ込んでいる気がしなくもないが、現時点では他に方法がないから仕方がない。

「でしょう？　だったら、わたくしを傷つけかねない行為はなさりたくないでしょうし。後は、回数をこなしていけば、ガストン様も加減を覚えるのではないかしら」

「……何故でしょう、一回経験をしただけのはずなのに、イレーネ様から妙な説得力を感じるのは……」

それはもちろん、一回で終わらなかったから。

などとは、口が裂けても言えない。ただでさえはしたないと思われているところにそれを言えば、マリーの中のイレーネのイメージが完全に固定されてしまうことだろう。流石にそれは、今のイレーネとしては避けたいところである。

「さ、その話ばかりをしていてもしょうがないわ。いい加減、お腹に何か入れたいところではあるし」

「……なんだか誤魔化された気もしますが、確かに朝も召し上がられてないですし、ちゃんと食べていただかないとですね。食べる気も起きない、なんてことがなくてよかったですよ」

話に聞くところによれば、初夜で疲れ果てて水くらいしか口にできないケースもあるのだとか。

それに比べれば、イレーネは元気そのもので。良いのか悪いのかわからないでいるマリーの目の前で、くすりとイレーネが微笑む。

「ええ、わたくし、なんだかすっかり貪欲《どんよく》になってしまったみたい」

その笑みには、捕食者のような危険な色気があって。

マリーの心臓が、どきんと跳ね上がったりしたのだった。


そんなこんながあって、イレーネが身だしなみを整えた後、食堂へとやってくれば、既にガストンはテーブルについていた。

「お、おう、おはよう、でいいのかな」

「確かに、おはようと言うには随分と遅くなってしまいましたものね」

食堂に入ってきたイレーネへとガストンが声をかければ、イレーネも微笑みながら返す。

その声の調子、二人の表情。

やはり二人は昨夜距離を縮めたのだと、使用人一同はほっこりとした面持ちで二人を見ていた。

イレーネがやってきてまだ大して日は経っていないが、彼女の振る舞いはすっかり使用人達の心を摑んでいる。そのイレーネが、ついにガストンと真の夫婦になれたらしいとなれば、彼らとしても当然喜ばしい、むしろ祝ってもいい程。

だから、ガストンが食事をしながらファビアン達に教会を建てたいという話を始めれば、全員が身を乗り出さんばかりとなった。

「つまり、奥様との結婚式をやり直すために教会を建てたいってことですね？」

「お、おう、その通り、だけど……どうだろうか？」

「どうもこうもないですよ！　そんなの賛成に決まってるじゃないですか！」

ファビアンが言えば、使用人達一同も揃ってうんうんと頷いている。

何しろ彼らは、以前の結婚式で如何に二人がよそよそしかったかをファビアン経由で聞いていた。王命だから仕方がないところはあるが、こうして二人の距離が近づいた今であれば一種の汚点と言ってもいい。となれば、それを拭って差し上げるのが家臣の本懐というものだろう。

「って言っても、まずうちみたいな田舎に来てくれる司祭を探さないといけないんだけどなぁ」

「建材だなんだは手配のしようもありますが、司祭のように特殊な人材はなかなか難しいところですね……」

乗り気な使用人達を前に、しかしガストンは若干トーンダウン。イレーネもまた、いつものように冷静な口調で後に続く。

基本的に司祭は神に仕える教会に所属しており、国王の人事権が及ばない。そのため、ガストンから辺境伯、国王へと希望を上げたとしても、必ずしも希望通り司祭が派遣されるとは限らないわけだ。

これで司祭の側から希望があれば話は別なのだが、残念なことに司祭も人間、大都市に派遣されることを望む者の方が多い。だから、ようやっと再開発に着手したばかりの地方都市に来てくれる司祭など滅多にいないのだが。

「あ、それなら多分大丈夫っすよ。知り合いに丁度良さそうなのがいるんで」

と、ファビアンが手を挙げた。

あまりにあっけらかんと言われたためか、ガストンでも思わず疑わしげな顔を向けてしまったのだが……ファビアンは自信満々である。

「知り合いにって、お前司祭とかと知り合う機会あったか？」

「まあ普通はないんでしょうけど、騎士やってた知り合いがいつの間にか出家してまして。今度司祭に昇格できそうだ、みたいな噂をこないだ王都にいた時に聞いたんですよ」

「へぇ、騎士が出家するのはたまに聞くけど、そりゃまた何ともタイミングのいいことだなぁ」

ファビアンの説明に、ガストンは少しばかり驚きながら相づちを打つように頷いて見せた。というのも、このあたりでは騎士から出家する人間というのが、それなりにいる。国同士の小競り合いも多く、何ならそれなりの規模の戦争だってそこそこの頻度で起こっているため、斬った張ったに心身が疲れて俗世から離れたくなってしまっても仕方がない。

また、そういう騎士上がりの人間はある程度以上の教養があることが多いため、出家した後の地位が比較的上がりやすい傾向にある。だから、ファビアンの知り合いが若くして司祭にまで昇格してきたらしいというのも、ない話ではない。

また、騎士上がりの司祭ならではのメリットもある。

「戦の経験もあるんなら、こう言っちゃなんだけど、整ってない環境でも大丈夫そうだよなぁ」

「むしろ人が多くて煩《わずら》わしいことも多い都会より、こういった田舎街の方が心穏やかに過ごせるかもしれませんしね」

ガストンが思いついたように言えば、イレーネもそれに追従した。

実際、戦いに疲れた騎士上がりの司祭は、人の少ない街を希望することはそれなりにある。煩わしい人間関係から離れ、静かな環境で、というのはわかる話だ。まあ、中には『それでも戦から離れられない』と、開拓兵団などに随行するケースもあったりするようだが。

いずれにせよ、一般的な司祭に比べればよろしくない環境にも耐性があることがほとんどなのは間違いない。

「んじゃ、今度王都に行く用事がありますんで、そん時に声かけてみましょうか」

「お？　そういえば、休みの申請出してたもんな。休みだってのに悪いが、頼めるか？」

「そりゃもう、俺から言い出したことっすからね、問題ないっすよ」

どうやら受け入れる方向で考えているらしいと見たファビアンが問えば、ガストンも頷いて返した。少なくとも、ガストンにとってその司祭を受け入れることにデメリットは感じない。

問題があるとすれば。

「ファビアンさんの推挙ですから、人柄などに問題はないのでしょうけれど……あちらのご都合などはどうなのでしょう？」

ある意味当然の問いに、ファビアンは頭を掻く。

「あ～……それは聞いてみないとなんともっすね……俺も、噂で聞いただけなんで。ただまあ、大丈夫じゃないかな～とは思うんですよ」

「あら、それはどうしてです？」

イレーネが問えば、ファビアンはニンマリと笑って見せた。

「何しろそいつ、大将のファンですからね！」

「は？　ファン？」

思わぬ言葉に、ガストンはオウム返しに聞き返す。

もちろんファンという言葉の意味は知っている。だが、それが自分に向けられるなど考えたこともなかった。何しろ、戦に明け暮れるような日々だったのだから。

「そうなんっすよ。騎士だったころから大将の華々しい活躍を聞いて憧れてたらしくって」

「憧れる……そんなことがあるもんなのか？」

「あったり前じゃないですか！　強い男には憧れる、これはある意味男の本能っすよ！」

「そ、そうなのか？」

力説するファビアンへと、返すガストンの言葉は何とも訝しげだ。

何しろガストン自身がいわば武力の権化、一人前になった頃には彼より強い人間など周囲にはいなかった。残念なことに、彼の兄や父親でさえも憧れるには足りなかったのである。そうなれば、強さへの憧れというものに実感がなくても仕方ない、のかもしれない。

また、ガストンは社交界にほとんど顔を出してこなかったため、自身の武功が他人からどう評価されていたかに疎い、というのもあるのだろう。

「であれば、その方をお呼びすることを第一にいたしましょう。念のため、第二、第三候補くらいは探しておきたいところですが」

「ああ、そんなら辺境伯領の司祭に聞いてみようか。わざわざ来なくて済むようになるのは、向こうにとってもありがたいだろうし」

この街には教会もないし司祭もいないが、人はいるので婚姻や葬儀の必要性は生じる。そんな時にどうするかと言えば、辺境伯領からわざわざ来てもらっていたのだという。

何しろこの国で一番葬儀が多いのが辺境伯領だ、司祭も複数人が常駐している。それも従軍司祭の意味合いが強いため、それこそ騎士上がりの司祭ばかりであり、馬にも乗り慣れているため、そんな無理な運用もできていたわけだ。

また、街の規模的にもそれで何とか回っていた。だが、今後発展させていけば、それでは間に合わないようになるはず。それもあって、イレーネはガストンの思いつきに賛同したところもあったりする。

「では、ひとまずその方向でいきましょう。それから、建材の手配などは……そうですね、先日立ち寄った商人が王都に戻っているはずですから、すみませんがファビアンさんに手紙を届けてもらって……」

「もちろんいいっすよ、ついでですしね！」

イレーネが少々申し訳なさそうに言えば、ファビアンはあっさりと快諾した。

その他計画の細部をある程度詰め、指示を出し……こうして、教会建設計画は動き出したのだった。


それから数日後の王都、その中心にある城の小さな一室にて。

「どうやらガストンとイレーネ王女はうまくいきそうじゃのぉ」

子爵領を……というよりはイレーネを監視していた人間からの報告に、シュタインフェルト国王は満足そうに髭を撫でた。その向かいで、ガストンの父であるトルナーダ辺境伯も満足そうに頷いている。

「ええ、最初はどうなることかと思いましたが、ようやっと色々うまく収まったようで……ほっといたしました」

人前では滅多に見せない父親としての顔で辺境伯が言えば、国王も珍しく近所のおじちゃんかのような砕けた表情で笑みを浮かべた。今ここにいるのは、国王と辺境伯、後は口の堅い護衛が数人ばかり。本音を見せてもいい人間しかいないからこそ二人はこんな顔をしているし、あまり聞かれたくない話もできる。

「これで、イレーネ王女を助け出せたと言ってよろしいのではないでしょうか」

「うむ、何とか、じゃがのぉ」

辺境伯がしみじみと言えば、国王もうんうんと幾度か頷いて見せる。普段であれば決して口にすることのない、甘いとも言えるようなことを。そう、ガストンとイレーネ、二人を結びつけた強引で無理矢理な婚姻には、さらに裏があった。

隣国、レーベンバルト王国との戦争に際し、国王は敵方の事情を徹底的に調べさせていた中で、優秀なイレーネ王女が、その優秀さ故に王太子から疎まれていることを知った。そこで戦争に勝利した後イレーネ王女を要求、疎まれていた彼女の放出はあっさりと受け入れられ、むしろ喜ばれたくらいである。愚かしいことに。

「ほんにあちらは愚かなことをしたもんじゃ。イレーネ王女の作成した計画書をわしも見たが、こんなもんをこの短期間で纏めてくる二十歳前の娘なぞ、どこを探してもおらんわ」

「いやまったくでございます。陛下や私の考えていたことはお見通しとばかり。その上いくつか考えていなかった案まで乗せてきて……才媛という言葉でもとても足りませぬ」

「これも現地に赴いたからこそ出てきた案、ということなのじゃろうが……そもそも辺鄙《へんぴ》な領地に怯むことなく同行した上、あちこち調査に出歩くという気概が並大抵ではないのぉ」

「しかも、人に言われてではなく自分から言い出したようですからな。……彼女自身も、色々思うところはあったのかもしれませぬが」

イレーネの作成した街道整備事業の計画書は、この二人の目から見ても出色《しゅっしょく》の出来だった。もちろん細かな部分で修正が必要なところはあったものの、大筋は文句の付けどころがない、むしろ学ぶところすらあるほど。

この古狸二人が、である。

それがどれだけのことか、ここにいない重鎮の貴族が聞けば背筋を震わせることだろう。

「また、ガストンもイレーネ王女のおかげで一皮剝けたようじゃの？」

「ええ、少しは考えて物を言うようにはなりましたし、何よりも持て余していた力の振るいどころを見つけられたようで。戦場とは違う顔を見せているとも聞きますし、随分と充実した日々を送っておるようです」

やはり父親の顔で、辺境伯がしみじみと言う。

生まれ育った家が家だ、そういう育ち方をしてしまうのは仕方がない。辺境伯自身もそういう育ちだし、そのことに悔いも恨みもありはしない。

ただ、我が子に、それもガストンのような性根の息子に、同じ道を歩ませていることへ思うところがないわけでもないのだ。

「あやつが木を切り倒すためだけに斧を振るうことができる時代になれば、とも思うが、そのためには結局あやつの力を借りねばならんからなぁ」

「左様でございますなぁ……もっともそのための足がかりは、恐らく一番良い形で手に入りましたが」

「うむ、これで……レーベンバルトを攻めるとなった時も、イレーネ王女はさほど抵抗感なく協力してくれることじゃろうよ」

先だっての戦争において、シュタインフェルトは確かに様々な情報を手に入れている。だが、それでも十分とは言えず、深く攻め入るには二の足を踏む。

そこにもし、王宮のことを良く知る、色々な意味で内情に詳しい人間を引き込むことができれば。その相手として白羽の矢が立てられたのが、イレーネだったわけである。

何しろ女の身でありながら内政にもある程度参加しており、様々な知識を持つ才媛と呼ぶに値する王女。その優秀さ故に王太子から疎まれ、功績は王太子や父である国王のものとされ、と不遇な扱い。

この時代、親子であっても血を流し合うことなど当たり前に聞く話。であれば、イレーネが内心で国に対して含むものを抱えていてもおかしくはないし、実際どうもそういう気配はあった。

そんなことに微塵も気づいていなかったレーベンバルト王国の王太子は、停戦条件がましになる上に疎ましい妹を放り出すことができるとあって、迷うことなく妹を差し出した。それが意味することも考えずに。

こうして、優秀な王女を助け出すという人道的行為と、隣国の情報をよく知る王家の人間を引き抜くという政略的行為を同時に成功させてしまったのだ、シュタインフェルト国王は。

「いやはや、本当に素晴らしいお手並みでございますが……よくこんな手を思いつかれましたな」

「ははっ、国王なんてもんはな、悪人なだけでも善人なだけでも務まらんものじゃよ。双方の面をうまくバランスを取りながら使わねば、な。ま、今回はガストンの善人ぶりに大分助けられはしたがのぉ」

感心しきりという顔で辺境伯が言えば、にんまり、満足げな顔で国王は笑う。

清濁併せ呑み、使い分ける彼だからこそ、ガストンの裏表のない顔は好ましい。世俗の汚れに染まらぬよう手を打つくらいならば、いくらでもやろうというものだ。

「さて、子爵領はこれから忙しくなるじゃろうが、その合間にでもイレーネ王女から色々話を聞き出していかねばのぉ」

「それならば、私や妻が時折遊びに行くようにいたしましょう。幸い、彼女から嫌われてはおらぬようですし、義理の父母との交流となれば拒むこともないでしょう」

国王の言葉に、辺境伯も先程までとは違った笑みでもって応える。

ちなみに、辺境伯夫人はかつて腕利きの女騎士として活躍し、それなりに年齢を重ねた今でも一人で馬に乗ってあちこち出歩くことがある女傑だ。あの息子にしてこの母ありである。そして、懐が広く気持ちの良い女性でもあるので、恐らくイレーネとも話が合うだろう。

すなわち、様々な話を聞き出してくれることだろう、ということでもある。

戦争の終わりは次なる戦争の準備の始まりでしかないというのは、この乱世では当たり前のこと。レーベンバルト王国は、やっと戦争が終わった、などと思っているかもしれないが、シュタインフェルト王国は違う。

これが後々に両国の明暗を分けることになるのだが……少なくともレーベンバルト王国側はそのことに無自覚なようだ。

「理想は、ぱくりといったところで気づく、じゃな」

「現状を見るに、できてしまいそうなのがまた、なんともはや……楽ができた方が、もちろんいいのですが」

そんな二人の悪だくみは、夜遅くまで続いたという。

そして、トルナーダ辺境伯が王城を辞して、その帰り道。

「おう、迎えにきておったか」

「そりゃまあ、旦那様から報酬をいただかないといけないですからねぇ」

夜でも交代で立っている門番以外は寝静まっているような時間、王城の裏門から出てきたトルナーダ辺境伯を迎えたのは……王都に用事があると言っていたファビアンだった。

門番のために焚かれている篝火《かがりび》に照らされた彼の顔は、普段ガストン達に見せるそれよりも太々《ふてぶて》しいもの。そんな、大貴族の当主へと向けるにはどうかという顔を向けられているというのに、辺境伯も気にした様子はない。

「確かに、今回の報告は陛下も特にお気に召してくださったようじゃし、弾んでやらんとなぁ」

などと言いながら、うむうむと頷いて見せる辺境伯。

そう、イレーネを監視していた人間とは、ファビアンだった。

「いやほんと弾んでもらわないと。あれでかんなり大変だったんですよ？　特にあの奥様付きの侍女のマリーさん、やたら勘が鋭いから、何度気づかれそうになったことか……」

「ほう、そんなにか。そういえばマーサも気取られずに近づくのが難しいと言うておったな」

王都にあるガストン達が利用していた邸宅を仕切るメイドのマーサは辺境伯軍の密偵上がりであり、彼女もまたそれとなくイレーネ達を見張っていた。彼女達が出立するころには、見守ると表現した方がいい視線になっていたが。ガストンも頭が上がらないベテランのマーサですらとなれば、それは余程のことと言って良い。

感心している辺境伯へと、『わかってくれましたよね？』と言わんばかりの顔をファビアンが向ける。

「てことで、ちょいと報酬を弾んでいただきたく。できる限りなるはやで」

「随分とせっかちなことじゃのぉ。なんじゃ、急ぎの入り用でもあるのか？」

「まあ、ある意味急ぎって言えばそうなんですけども。大将がまた面白いことを言い出したもんでして」

軽薄なところのあるファビアンだが、その実、金に対してはさほど煩いイメージはなかったのだが。などと思っていたところに説明されたのは、ガストンが言い出した教会建設計画だった。

「ほう……それは、確かに面白いのぉ。ガストンが考えているのとは別の意味で、じゃが」

教会が婚姻や葬儀などを取り仕切る施設であるのは言うまでもないが、期待できる効果はそれだけではない。

たとえば、路銀が尽きた旅人や重税に苦しんで逃散した貧民が逃げ込んでくる、救済施設の側面がある。あるいは信心深い旅の商人が寄付を収めにくることもあれば、街の住人が懺悔《ざんげ》にくることだってあるだろう。

その結果、教会には普通では得ることのできない情報が集まる場所という機能が期待できるのだ。

ガストンはもちろんそこまで考えていないだろうが、イレーネの頭にはあるはず。そして恐らく、彼女であれば、それらの情報を正しく扱うことができるだろう。

「となると、報酬として望むのは、司祭か？」

「ご名答。もちろん、建設費用も出していただけるんなら嬉しいですけども。心当たりが一人いるんで、旦那様からもお口添えいただけたらってのと、辺境伯領にいる司祭のツテを使わせてもらえたらなと」

「やれやれ、金よりもツテとは、物の価値がわかっとる奴の相手は面倒じゃわい。ま、それくらいでいいのならばお安いご用じゃよ」

この国有数の貴族であるトルナーダ辺境伯の口添えがあって、首を縦に振らない司祭など、そうはいないだろう。

万が一何某かどうしようもない理由で断られたとしても、彼の口利きで司祭のツテを使えば、そう遠からず赴任してくれる司祭を見つけることができるだろう。辺境伯の協力が得られた時点で、司祭が見つかるのは決まったようなものだ。

「しかし、結婚式のやり直しとは……あのガストンがそんなことを考えるようになるとはなぁ……」

しみじみと、父親の顔で辺境伯はつぶやく。結婚という大きなイベントを迎えて、彼の息子はどうやら大きく成長したようだ。そのことがどうにも嬉しくて仕方がない。

「もちろん、わしや妻も参加するからな？」

「ええ、大将も喜びますよ」

裏のない笑顔を見せた辺境伯へと、ファビアンもまた、含むところのない笑顔を返したのだった。


こうして、無事に司祭を確保できたファビアンはそのことをガストン達へ報告。手続きだなんだを済ませてその司祭の男がやってきたのは、冬の始まりのことだった。

「は、はじめまして、拙者《せっしゃ》、アーロンと申します！」

領主の館の応接室で、緊張でガチガチになりながら頭を下げる、ムキムキの男。別に剃る必要もないのに頭髪を全て綺麗に剃り落としているのは、彼なりの現世に対するケジメなのだろうか。騎士上がりとは聞いているが、どうにも元々の性格からして生真面目な男らしい。

もっとも、ガストンから見ればそんな男は好ましく映ったようで。

「おう、俺はここの領主のガストンだ！　一人で赴任してきてもらって申し訳ないが、できる限りの手伝いはするからな！」

と、明るく朗らかに、心からの歓迎を示したのだが。

「め、滅相もございません！　拙者ごときにそんなそんな！　むしろ拙者の方こそこの街のために粉骨砕身滅私奉公させていただきますので！」

と、恐縮しきりというかなんというか。

明らかに普通でない様子に、色々と話を聞けば……どうやらこのアーロン、騎士時代からガストンやトルナーダ家に対して尊敬と憧れの念を抱いていたらしい。このあたりは、一応紹介者であるファビアンから聞いてはいたのだが……どうにも予想外というか予想以上というか。

ここまでガチガチになるほど憧れられるのがわからないガストンとしては、首を傾げるしかない。

「いや、そこまでやる必要はないっていうか……むしろそれで身体を壊される方がこっちとしては困るしなぁ」

「そうですね、今のところアーロンさん一人が赴任の予定、換えが利かない人材なのですから」

頭を掻きながらガストンが言えば、隣に座るイレーネも小さく頷いて同意する。

トルナーダ辺境伯のツテも使えるため、探そうと思えばもう一人や二人は探せなくもない。だが、この小さな街に司祭二人、三人というのは流石にオーバースペックというもの。アーロンが病気にでもなった時に辺境伯領から応援をもらう、程度の準備でいいだろう。ただし、それもこれも、アーロンが心身の健康に気をつけているならば、という条件がつくわけだが。

少なくともイレーネはそういう計算を入れての発言だったのだが、アーロンはそう取らなかったらしい。

「な、なんとお優しいお言葉！　そんなお言葉をいただけるなど、このアーロン、歓喜の極み!!」

「まってくれ、これくらいで歓喜の極みとか、流石にどうかと思うんだ」

これは、ガストンであっても突っ込みを入れざるを得ない。心身、特に心のストレスに敏感なガストンとしては、この気遣いは当たり前のこと。だというのに、アーロンのこの過敏とも言える反応は、なんなのか。

「……もしかして、所属されていた騎士団はかなり統制が厳しかったのですか？」

ふと思い至ったイレーネが問うのだが、アーロンは首を横に振った。

「いえ、そんなことはございません。至って普通の扱いだったと思うのですが……」

そう前置きしてアーロンが語った、かつて彼が所属していた騎士団での待遇は、明らかにおかしかった。前線に出ることが多いガストンですらそう思ったのだ、イレーネなど表情を取り繕う余裕すら失われて、顔をしかめてしまうのも仕方がない。

ちらりとイレーネが視線でファビアンに問えば、彼もまた、小さく首を横に振った。つまり、そういうことなのだろう。

「わかった、ともかくここでは、以前とは違う扱いになる。割と自由にやってくれて構わないから、細かいことは俺かイレーネに聞いてくれ」

領主であるガストンがそう言えば、領主夫人であるイレーネが小さく頭を下げた。

この街においては領主であるガストンが誰よりも権限を持っており、その妻であるイレーネがそのおおよそに関して代理として対応することが可能である。だから、この二人の認可さえあればこの街では大体認められる行動となるわけだ。たとえば辻説法だとか、傷病者の治療だとか。

これらの行動は許可など要らないように思うが、その昔傷病者の治療をすると言っていた司祭が実は人体実験をしていた、という事例などがあったため、認可制となってしまっている。

ちなみにその司祭は、両手の指を全て切り落とされるという刑罰を与えられた後に行方不明となっているが……そんな状態で生き長らえたはずはないだろう。

ともあれ、そんな経緯があるため、治療行為という善意からの活動すら領主の認可が必要なわけである。……もっとも、ガストンであれば、悪意が裏にない限りは大体の活動に認可を出すだろうが。

「かしこまりました。……本当に、拙者ごときにこのような望外の厚遇、心よりの感謝と忠誠を！」

「ま、まってくれ、そこまで大げさに言われることじゃないと思うんだがな!?　それに、忠誠ってのもなぁ……一応ほら、司祭ってのは領主の支配下にはないもんだろ？」

涙を流しそうになっているアーロンへと、ガストンがフォローのつもりなのか、そんな基本原則を引き合いに出した。

これは事実であり、教会組織に属する司祭は法規上領主の命令など受け入れる必要がない立場にある。だからこそ言える言葉もあり、教会の司祭としてはそれが必要な場面も多々ある。

とはいえ司祭とて人間、街の人間から総スカンを食らえば生き延びる術《すべ》などなく、結果としてある程度折り合いを付けて過ごすことにはなるのだが。

「何をおっしゃいますか！　こうして戦争の英雄であるガストン様のお膝元にまかり越せたのも神の采配、この縁に感謝せず、何としましょう！　不肖このアーロン、ガストン様のために全てを擲《なげう》つ覚悟でございます！」

「そこまでの覚悟は重すぎるんだけどなぁ……」

心底困ったと言わんばかりの顔でガストンが言うも、どうやら今のアーロンには届かないらしい。これはもう打つ手なしだ、とイレーネへと顔を向け。

「こんな感じだけども……彼でいいか？」

「色々と言いたいことはございますけれども……真摯さという部分では疑いもございませんし、よろしいのではないかと」

後はわたくし達のさじ加減です、とは流石に伏せて、イレーネは頷いて返した。

こうして司祭アーロンの就任が決まれば、後は建物を作るばかり。折良く農閑期に入った子爵領は、それまでの活動によってすっかり心を摑まれた地域住民達が、こぞって作業員として駆けつけた。

言うまでもなく、一番人気は教会建設。

　これはあっという間に枠が埋まり、多くの作業員達は仕方なしに街道整備へと回ることになったのだが。

「むしろ街道を整備することこそ重要なのです。流石に今回の教会建設資材には間に合いませんが……皆さんが整えた街道によって、子爵様と奥方様のために様々な物品が運ばれることになります。すなわち、皆様の手によりお二人の幸せが招かれることになるのです！」

「おお〜〜！」

　というアーロンの怪しい説法により、多くの住民が街道整備にも意気込んで参加することになった。

　そんな報告を受けたガストンとイレーネは何とも言えない顔をしたのだが……しかし、住民達が積極的に動こうとしてくれるのを止める筋合いはない。たとえそれが、少々度の過ぎた自分達への忠誠心によるものだとしても。

　……流石に、行きすぎとなったら止めないとなぁ、などとガストンでさえも思いつつ。ある意味で選ばれた作業員達による教会建設は、辺境伯領の工兵達すら驚く程のスピードで進行した。

「正直、教会の建設が終わったら、うちに就職してほしいくらいなんですがねぇ……あれで普段は農民だってんでしょ？　そりゃ畑仕事で身体はできてるでしょうけども、それだけじゃあの作業精度と速度は説明がつかないですよ、ほんと」

　などと、ガストンと顔見知りであるベテラン工兵などは零していたものだが。実際、人手が十分に足りている農家の三男などは工兵として転職したりしたのだから、世の中わからない。

また、転職しなかったにしても、素人に毛が生えた程度の作業員でしかなかった彼らが辺境伯領の工兵達から指導を受けることによって、技術力も一気に向上した。

「これは、わたくしも予想していませんでした……やはり世の中、わかった気になってはいけませんね」

などとイレーネは己を戒《いまし》めていたが……そもそも彼女の発案で工兵を招いた故の成果であることは間違いない。

さらに、技術を身につけた作業員達がそれぞれの村に帰ることで、彼らの身につけた技術が村にも伝わり、村でのちょっとした工事にも応用されることになった。

結果として、この工事を通じて子爵領全体の技術レベルが底上げされたわけで、これにはガストンはもちろん、イレーネもびっくりである。

もっとも、そんな効果がわかったのはさらに後のこと。寒さ厳しい冬を、各種工事による好況で乗り切った子爵領は春を迎え。それに合わせたかのように、教会は完成した。

6 英雄は、肉と酒よりも

その日は、抜けるような青空だった。

冬が終わり春を迎えたある日、ガストンが治めるトルナーダ子爵領の領都にあたる街は、沸き立つような盛り上がり。

領都、というにはまだまだ規模の小さい街だけれど、賑わいだけで言えば、その日はどんな都にも負けていなかったかもしれない。街のあちこちには花が飾られ、色とりどりの飾り布が風にはためく様は、実に色鮮やか。今日の良き日に、目でも楽しんでもらおうと街の人々が言い出したのだという。

なるほど、じっくりと見れば花は思い思いに飾られているだけで統一感やデザインセンスのようなものは感じられない。

はためく布も、中には少しほつれていたり色あせているものもなくはない。

けれど、それがまったく気にならない。

ああだこうだと言い合いながら楽しそうに飾り付けをする街の人々を見れば、そんなのは些細なことと思わずにはいられない。

それにここは辺境伯領が近い田舎の街、斜に構えて野暮を言ったところで実りもなく、酒が不味《まず》くなるばかり。

何より、これを逃せば二度とお目にかかれない祝い事とあって、街の住人も行き合わせた商人達も皆浮かれた空気に乗っかっていく。

そう、今日は領主であるガストンとその奥方であるイレーネの結婚式。

もちろん正式なものはとっくに終わっているのだが、彼ら二人は、改めてこの街で……彼らの街で式を挙げ直したいと希望したのだ。

それを聞いた街の住人達の喜びようといったらなかった。

何しろ不世出《ふせいしゅつ》の英雄と、隣国から来た美しき賢姫。

何よりも、おらが街の領主様と奥方様。

そのお二人が、この街の皆の前で改めて末永く添い遂げ合うことを誓いたいというのだ、嬉しく、誇らしくて仕方がない。

だから、皆が皆、できる限りで用意した。

布を織れる者は生地を。

流石にドレス本体は仕立て屋任せだが、縫える者はドレスに付属する小物周りを。

生地を届け、小物周りの出来の確認をしてもらい、と馬を走らせる者もいて。

他にも鍛冶屋は槌を振るって、領主様の腰を飾る儀礼剣を。

肉屋はこの日のために最高の豚肉を。

老いた者は昔取った杵柄《きねづか》で細工物を。

器用でない者は教会の掃除だなんだ、雑用を。

幼き者は野山で花を摘んで。

思い思いに携わり、一つ一つ形ができていく。

この街でしかできない、他で見ることのできない、二人のためだけの祝いの形が。

それも、誰もが笑顔の中で。

そんな光景は、教会の廊下からも見えて。

「もしかして俺達って、滅茶苦茶幸せ者じゃないか？」

儀礼用の騎士服に身を包んだガストンが、しみじみとした口調でつぶやく。もちろんこの騎士服も今日のためにあちこち手が入っており、着慣れた様子でありながらパリッとした印象もあり、式で着るにふさわしい装い。

その巨体、盛り上がるような筋肉と合わされば威圧感もひとしお……のはずなのだが、彼の人柄故か、祭りのような周囲の雰囲気のおかげか、頼り甲斐へと転じている。

そして、彼の隣に立つのは、もちろんイレーネだ。

「そう、ですね……こんなにも祝ってもらえるだなんて。……国元を離れた時には、想像もしませんでした」

答える声は、いつもより少しばかり硬い。

白銀の髪を結い上げ、化粧を施した顔は理知的で怜悧な印象が強まり、普段よりもその美貌が冷たいようにも感じられる。目元にも、やや力が入っているだろうか。

何故ならば、そうしていないと今にも涙が零れてしまいそうだから。

敗戦国から人質同然に、遥かに格下である新興の子爵へと輿入れさせられるという極めて屈辱的な待遇でこの国にやってきた、はずだった。

だが蓋を開けてみれば、故国よりも余程過ごしやすく温かな日々が待っていた。己の知識を活用して提案をしても否定されず、アイディアが形になっていく喜び。不器用ながらも心を通わせることができた伴侶。そして、まだ半年も経たないというのに、こうも慕ってくれる領民達。

「こんなに幸せな人間は、きっとどこを探してもいませんよ」

実感を言葉に込めて、心からの笑顔と共にガストンを見上げた。間近で直撃を受けたガストンは、ぼっと顔を赤くして思わず背けてしまう。

何しろ、今日のイレーネは美しい。

着ているドレスの生地は領民達のお手製だ、真っ白に漂白するなんて王家や上位貴族を相手にする職人のような真似などとてもできず、最高級品からはほど遠い。

仕立て屋こそ一流どころに頼めたが、急ぎの仕事になってしまい、もちろんその中で最善は尽くしてくれたが、仕立て屋本人としては不完全燃焼だと悔しがっていたのだとか。

手にしたブーケの花束だって、専門職が育てたものではないから、不揃いもいいところ。

だというのに、それらを身につけ、あるいは手にしたイレーネは、これ以上なく美しく見えた。

「……ドレス、似合ってる。真っ白じゃないのに、凄くいい」

「あら、ありがとうございます。……もしかしたら、この街の色に染まっているから、かもしれませんね？」

おどけるような口調、悪戯な笑み。それを見たガストンは言葉もなく立ち尽くす。

この街の人々が総出で拵《こしら》えた花嫁衣装に身を包むイレーネは、本当に美しい。

それはきっと、思いが込められているから。

そして、イレーネがその思いを受け止めているからだろう。

「……多分、俺の方が幸せだ。こんなに綺麗な嫁さんをもらえるんだから」

「はい？　い、いきなり何を？」

そんなイレーネを見ていたら、ぽろっとガストンの口からそんな言葉が零れた。

まさかそんなことを言われるとは思っていなかったイレーネは面食らい、慌てたような声を出してしまったのだが。そしてガストンも、かなり恥ずかしいことを言ってしまったと気づいたのだが。

「何って、聞いた通りだ。今日のイレーネは、特別綺麗だ。世界一だ、きっと。だから、俺は世界一の幸せ者だと思う！」

「ガ、ガストン様!?」

勢いよくガストンが言い切れば、ついにイレーネは悲鳴のような声を上げてしまう。

正直に言えば、誤魔化してしまおうかともガストンは思った。

だが、それではいけないという声が胸の奥から沸き上がってきた。

以前の結婚式でやらかした愚を繰り返すのか。己が恥ずかしいからと、心にもないことをイレーネに言ってしまっていいのか。

何よりも、好機に躊躇い攻め手を緩めるは愚の骨頂である。かつて寝床を共にしながら二人で話した、ニンバハルの兵法書に書かれた一節が背中を押した。

この機を逃してはならない。絶対にだ。

「イレーネは、こんな学のない俺にも呆れないで色々教えてくれる、賢くて優しい最高の女性だ。辛い立場だろうに、周囲のことを、この街のことを考えてあれこれ提案してくれる素晴らしい人だ。何より、こんな俺に寄り添ってくれる、世界に二人といない人だ。俺は、そんなイレーネを愛してる!」

勢いのままに、思いの丈を、飾ることなくストレートに。

強烈な愛の告白は、過《あやま》たずイレーネの胸を撃ち抜いた。

そこまでは、ガストンの思ったとおりだった。

だが、一つ違ったのは……ここまで言われて黙っているような女性ではなかったのだ、イレーネは。

「それを言うのでしたら！　隣国から押しつけられた可愛げのない女を受け入れてくださったガストン様こそお優しいではありませんか！　そんな女が賢《さか》しげに語る案を嗤《わら》うことなく聞き入れ、検討し、実現のため厭《いと》うことなくあちこちへと走り回ってくださる懐の深い方。誰よりも強いからこそ、誰かを傷つける怖さを知っている、人の痛みを見過ごせない方。時に暴走することもあるわたくしを抱き留めてくれる、温かい方。わたくしは、そんなガストン様を愛しております！」

「うえええええ!?」

強烈なカウンターに、ガストンは仰《の》け反《ぞ》ってしまう。

あの夜から、イレーネがガストンを夫として受け入れてくれたことは理解していた。

だが、まさかここまで強烈に想われているとは思ってもみなかった。

どうしよう。

ガストンの脳内を占めるのは、ただその一言。身体の奥底から様々な感情が溢れ出してきて、どうしたらいいのかわからない。

叫べばいいのか、笑えばいいのか、踊ればいいのか。

何か、何か言わなければ、と口を開きかけたのだが。

「はいは～い、お二人さん、そういうことはこんなとこじゃなくて、祭壇の前でやってくれませんかね？」

礼服に身を包んだファビアンが言えば、その隣で顔を真っ赤にして目を潤ませたマリーがこくこくと頷いている。この二人は、ガストンとイレーネの付き添いとして一緒に来ていた。つまり、先程の小っ恥ずかしいやり取りの一部始終を見られていた。そう理解した瞬間、茹で上がったかのごとくガストンとイレーネの顔が真っ赤に染められてしまう。

「なんかもう、段取り全部無視してさっきのやり取りをもう一回やった方が良くないですか？　通り一遍のよりよっぽど気持ちが籠もってるし、多分参列する人達も喜びますよ？」

「そ、そんなことできるかぁぁぁぁ!!」

ナイスアイディア、と言わんばかりの顔で言うファビアンへと、ガストンが叫ぶように言い返す。

今までならば、それで終わりだったはずだけれど。

「さ、さっきのイレーネの言葉は、俺だけのもんだ！　ファビアン達に聞かれたのは仕方ないけど、他の人には聞かせられない！」

「ガ、ガストン様……」

真っ赤な顔で言うガストンへと、イレーネが潤んだ瞳を向けた。その顔は、言うまでもなく恋する乙女の瞳そのもので。

さらに。

「わ、わたくしもです……先程のガストン様のお言葉は、わたくしだけのものにしたいと……」

「イ、イレーネ……」

そんなことまで言い出すのだ、初心《うぶ》なガストンにはたまらない。

そして、別の意味でファビアンなどはたまらない。

「ああもう、やってらんないなぁ、お熱すぎて！　ほらほら、だから続きは祭壇前でって！　もう時間なんだから！」

そう言いながら、見つめ合っていた二人をせき立てていく。

押されるようにしてやってきた祭壇のある広間は、人々の笑顔で溢れていた。

父であるトルナーダ辺境伯や夫人、兄達、辺境伯軍の主立った面々。……ひっそりお忍びで国王がいるのは気にしない方向で。

新入りの司祭アーロンが婚姻の儀を恙なく取り仕切り、最後に二人へと問いかける。

「我らが創造神アーダインに、永遠の愛を誓いますか？」

かつて形式的に問われ、形式的に答えた問い。

それに対して、今こそ心から返す。

「誓います」

「誓います」

ただそれだけのことで、身体の奥から沸き上がってくる歓喜。

神の前で、偽りなく愛を誓うことのなんと喜ばしいことか。

そして、その喜びを満面に浮かべたイレーネのなんと美しいことか。ガストンの、なんと愛おしいことか。

だから二人は、引かれ合うように顔を寄せ合い。

「それでは、誓いの口づけを」

促されるまでもなく、どちらからともなく、今度こそ本当に唇を重ねた。

途端、巻き起こる割れんばかりの拍手と教会の壁を震わすような歓声。流石辺境伯軍の精鋭達、鍛えられた腹筋から放たれる歓声は十人前である。

そんな空気に、二人は思わず笑ってしまい。それから、顔と姿勢を改めて、参列者達へと頭を下げる。

顔を上げれば、祝福の拍手の中外へと向かって歩いて。開け放たれた扉から外へと出れば、街中の人間が集まっているのではないかという大観衆。

「領主様かっけー！」

「奥方様きれー！」

老いも若きも幼きも。

皆が口々に、ただ一つ、ガストンとイレーネへと祝いの言葉を向けてくる。その光景は、どうしようもなく幸せで。素直に受け取るには面映《おもは》ゆいものだから。

ちょっとだけ、イレーネは意地悪を言いたくなってしまった。

「ね、ガストン様。今でも褒美は、お肉とお酒がよかったと思いますか？」

「うえぇぇ!?　い、意地悪なこと言うなぁ……」

思わぬ問いかけに、折角キリッと決めていたガストンは情けない表情になってしまって。

それから、改めて視線を上げる。

その視界を埋め尽くす程の人、人、人。

その全てが、笑顔で。だから、自然とガストンまで笑顔になってしまう。

「いや。これで、よかった。この街の、皆の領主になって」

誇らしげに、そう言い切って。

それから、イレーネへと視線を落とす。

「何より。イレーネを娶らせてもらえて、よかった。俺は、イレーネが来てくれて幸せだ！」

浮かべたガストンの笑顔は、それはもう朗らかなもので。

それを間近で、しかもただ一人、彼女にだけ向けられたイレーネは、それはもう覿面に真っ赤になってしまう。

だが、彼女もまた、負けてはいなかった。後ろで聞いているファビアンなどは大分打ちのめされた顔になっているが。

「それは、ようございました。でも、わたくしの方が幸せですから！」

そう宣言すると、ガストンのたくましい身体へと、勢いを付けて抱きついた。

驚き、言葉に詰まり。しかし、すぐにガストンもまた笑顔を返す。それから、恐る恐る、壊れ物を扱うように触れるか触れないかの手付きでイレーネの背中へと腕を回して抱き上げた。

「ひゃ〜〜!!」

「きゃ〜〜!!」

おませな少年少女たちの黄色い声が響く。

そう、二人は、街の住民達の前で、幸せなキスをした。

もちろん、観衆は弾けるように大歓声を上げ。二人を祝福する声と拍手は、いつまでもいつまでも続いたのだった。

番外編　字は口ほどに物を言う？

「ガストン様、次はこちらの決裁を」

「お、おう……これは、ちゃんと読んでからじゃないとだめなんだな……」

トルナーダ子爵領、領主の館。

その執務室では、今やすっかり当たり前となった光景があった。

銀色の髪をなびかせる儚げな美女がキリリとした表情でテキパキと書類を捌き、自分で処理できる分は済ませてしまい、領主のサインが必要なものを執務机にかじりついている筋骨隆々な黒髪の偉丈夫へと渡していく。……勢いだけでいえば、突きつけるという表現の方が合っているかもしれない。

黒髪の偉丈夫、領主であるガストンが苦手な書類仕事を、その妻であるイレーネが補佐する。

結婚前から想定されていた役割分担は、実際に行うようになってみれば実にうまく機能していた。

文章を読む、ということがそもそも苦手なガストンは、ずらずらと文章や数字が並んでいるのを見るだけで頭がくらくらとしてくる。

だが、イレーネが先に要旨をまとめたり、どこを重点的に見ればよいかなどの注意書きを付けてくれることにより、ガストンは文章の洪水の中でも溺れずに済むようになった。

そうなれば、元々真面目で責任感のある男だ、処理速度は大幅に跳ね上がる。

……反面、頭を使う速度も上がるため、以前よりも頭の疲労も増えているのだが。

まあ、そこは領主として仕方のないところだろう。

「……少し休憩にいたしましょうか」

そんなガストンの様子を見ていたイレーネが言えば、侍女であるマリーが執務室の外に出て行く。恐らく、用意していたお茶や菓子などを取りに行ったのだろう。

すぐ近くでひたすら計算をしていたガストンの侍従であるファビアンは、それを聞いて『解放された～』とばかりに、ぐで～と身体を椅子の背もたれに預けていた。

ただし、彼の仕事はまだまだ終わっていないので、これはただの現実逃避である。

緊張感が漂っていた執務室は、先程のイレーネの一言でその空気が緩み。

「おやつとお茶をお持ちしました～」

メイドのアデラが押すワゴンと共にマリーが戻ってくれば、急に活気づいたものになるのだから、現金なものだ。

まずは領主であるガストンに、次いでイレーネに蜂蜜を練り込んだ焼き菓子と、お茶が配膳されていく。

なお、使用人であるファビアンはセルフサービスであり、いつの間にやら身体を起こした彼は、いそいそとワゴンに近づき少々多めに焼き菓子を持っていったりしている。

そして領主夫妻がおやつ休憩に入ったところで、マリーはその間に処理された書類を纏めて片付けたり、処理前のものを並べ直したりしていたのだが……ふと動きを止めた。

「あら、マリー、その書類がどうかしたかしら？」

「あ、いえ姫様……もとい、奥様。大したことではないのですけれど。旦那様って、外見に比べて随分と丁寧な字を書くな〜と改めて思いまして」

「ちょっと、明け透けに言いすぎじゃないかしら」

歯に衣着せぬ言い方に、イレーネは思わず窘《たしな》める。

確かにガストンは、見た目だけなら蛮族か山賊かと言われてもおかしくない風貌だ。

そんな彼が書く字が、確かに文官が書くようなきっちりしたものなのだから違和感を覚える者がいてもおかしくはない。ただ、普通は本人の前で口にしないだろうが。

「お、そうか？　字だけはしっかり書けるようになれって親父に仕込まれたからなぁ」

と、朗らかに答えるガストン相手であれば、ついつい気兼ねなく言ってしまうところはある。

その侍従であるファビアンも気にした様子はなく、うんうんと頷いていた。

「旦那様……辺境伯様から何度も言われましたもんねぇ。書類の字が汚かったら後方の文官に舐められる、そうしたら補給だなんだもおろそかになって部下が飢える羽目になるぞって」

「え、まさかそんなこと……あ、あるんですか……?」

ファビアンの軽口かと思ってマリーは応じかけ、しかし二人の表情からどうやら冗談ではないらしい、と察した。

え、え、と二人の顔をマリーが見比べていると、おもむろにガストンが口を開く。

「親父が若い頃は特に酷かったらしい。なんでも軍人を下に見る奴が文官のトップになったらしくてなぁ。ま、今の陛下へと代替わりした際に更迭されたんで、そういうのは減ったんだが」

「……減った、ということは、なくなったわけじゃないんですね……」

しみじみと語るガストンの言葉は妙に説得力があり、マリーは頷くしかできない。

ガストン達のことをよく知らなかった頃を思い出せば、自分も偏見を持っていたのだから。

反省しながら、改めて書類を見る。

「だから、字をきちんと書くようになったんですね。……よかった」

「お? よかったってどういうことだ?」

マリーがぽつりと零《こぼ》した言葉は、ガストンには……いや、周囲で聞いていた人間にも理解しきれないものではあった。

字が丁寧なことはもちろん良いことだが、そこまでしみじみと言う程のことではない。

執務室にいる皆から視線を受けて、マリーは照れ笑いを見せる。

「いえその。以前、婚約承諾書にサインをした時のことなのですが、奥様が少し安心されていたんですよ。『字が真面目だった』と。そのことを思い出してしまいまして」

「そういえば言ったわね、そんなこと」

実際、その字の通りガストンは真面目な男だったのだから、これはイレーネの慧眼と言うべきであろうか。

もっとも、当の本人はすっかり忘れてしまっていたようだが。

「そっかぁ、それならよかった、字を真面目に練習してた甲斐があったなぁ」

知らなかったもう一人の当事者であるガストンは、実に嬉しそうな顔で幾度も頷いている。

彼とて色々と不安もあったあの頃、少しでもイレーネを安心させることができていたのだと知れば嬉しくもなるだろう。

そのことを、ただ素直に口にしただけなのだが。

この場には、察しの良い人間しかいなかったのが幸か不幸か。

「あの、大将。それもしかして、惚気《のろけ》てます？」

「へ？　い、いやそんなつもりはないぞ!?　ただ、イレーネを安心させられてよかったなってだけで！」

「それがある意味、惚気っちゃ惚気なんっすよねぇ……天然かこの人。いや天然だったわ」

呆れたような口調で言うファビアン。

それだけイレーネのことを気にかけている、何かしてあげたいと思っている、ということでもあり。それが彼の喜びである、ということでもあり。

そんな言動を無意識にしてしまったあたり、随分とお熱な様子でもあり。

隣で聞いていたイレーネなど、じわじわと頬が赤くなってきてしまっている。

「よかったですねぇ、奥様。旦那様はとっても奥様のことを気にかけてらっしゃるご様子で」

「待ってマリー、追い打ちをかけないで……何だか顔が熱くなってしまうわ……」

改めてマリーから言われてしまえば、普段のテキパキとした様子などどこへやら、もごもごと聞き取りにくい口調で力なく言い返すばかり。

つい先日に本当の夫婦となったばかりなのだ、まだまだ愛情表現には慣れていない。

それが二人きりの寝所でも恥ずかしいのに、皆がいる日中の執務室なのだからたまらない。

今すぐ自室に避難したいくらいだが、まだまだ仕事は残っている。残念なことに。

「き、休憩のはずなのに、なんだかかえって疲れちまった気がするぞ……」

「わたくしも同感です……ああもう、どうしてこんなことに」

そこまで言って、イレーネははたと気付き。

それから、マリーへと目を向けた。

「そもそもの発端は、マリーだったわね？　あなたが余計なことを言うから……」

「あ、あはは〜……でもほら、夫婦円満にはよかったじゃないですか？」

「それは、否定しないけどもっ」

鋭い視線で睨まれて慌てるも、何とか言い逃れるマリー。

思えば、彼女もこちらに来てから随分と図太くなったかもしれない。

どう言い返してやろうか、とイレーネが考えていたところで、声がかけられた。

「あの～、奥様もガストン様も、お茶が冷めてしまいましたよ？」

傍で見ていたアデラに言われてカップに視線を落とせば、湯気はすっかりなくなっている。

口を付ければ、猫舌の人間が喜んでゴクゴク飲みそうな温度。

折角のお茶が、とイレーネは思わず苦笑してしまう。

「ごめんなさいアデラさん、お茶を淹れ直してもらえるかしら。休憩のやり直しね、これは」

「はい奥様、喜んで！」

朗らかにアデラが応じれば、おかわりをもらうためにガストンは慌ててお茶を飲み干した。

きっとお堅いお茶会で目にすればマナーがなっていないと気になったであろうその様子も、今は微笑ましく思えるのだから不思議なものである。

そんな感慨を覚えながら、イレーネは自分のカップを傾けたのだった。

あとがき

皆様こんにちは、初めまして。鰺御膳と申します。

この度は私の実質的なデビュー作となります『肉と酒を好む英雄は、娶らされた姫に触れられない。』をお手に取っていただき、誠にありがとうございます。


……正直に申しまして、今でもこれが現実のことと思えていなかったりするのが本音です。と言いますのも、この作品がなかなか普通ではない経緯で書籍化したものでございまして。

元々私は別名義で百合ものを書いていたのですが、ある時ふと「男女もので書いたらどんな評価を受けるんだろう」と書いてみましたら……あれよあれよと『小説家になろう』様の日間総合ランキングで1位を獲得してしまったのです。その短編こそが本作の元となったもの……ではありません。「え？」と思われたかもしれませんが。

その一週間後に「こういう主人公もいいんじゃ？」と考えて投稿したのが本作品の元となった短編で、こちらもありがたいことに日間総合1位を獲得、書籍化のお声がけをいただきました。おまけに、先程話に出しました別の作品もありがたいことに書籍化のお話をいただき、順調にいけば先月発売してるはずですが……どちらの作品も『隣国で不遇だったお姫様がヒロインで、戦争で功績を挙げて子爵位を賜った騎士が主人公』です。……「こんなことある!?」と思うのも仕方なくないですか？　ただ、この二つの作品はまったく別物と言っていい内容となっております。もしご興味いただけましたら、そちらもお読みになっていただけましたら幸いでございます！！（ダイマ）

こんな、なかなかに普通ではない経緯で形になりました本作品ですが、更に、素晴らしい表紙、口絵、挿絵を描いていただいた坂本あきら先生が実は某ＳＮＳで以前からの相互フォロー、そのご縁もあってお忙しいところを受けていただけた、なんてことも……。先生の描かれる美麗なイラスト、高い表現力で描かれた漫画を拝見していて、いつか一緒にお仕事出来たら嬉しいなと思っていたのですが、その夢がいきなり叶ってしまいました。ありがたすぎてもう足を向けて眠れません。

ということで、私個人としては信じられないような奇跡の連続によってこの作品は出来上がりました。その奇跡に恥じないような中身になるよう出来る限りを尽くしましたので、楽しんでいただければ幸いでございます。

それでは、これにて失礼をば。願わくば、次巻でも皆様にお会いできますことを……。

凸凹コンビ大好きっ子なのでガストン君とイレーネ嬢は

最高の組み合わせでございました…！

イレーネ嬢にはこれからもっともっといろんな体験をしまくって欲しい…！

というコトでガストン君にホットケーキを焼こうとして頑張るイレーネ嬢

かわいいだろうなァ……！という妄想でした！

素敵な物語に絵を添えさせて頂き、鰺御膳先生、担当の長塚様、

そして見て下さった貴方…！　ありがとうございました！

『肉と酒を好む英雄は、娶らされた姫に触れられない。』

CHARACTER DESIGN

ILLUST　坂本あきら

大人のエンタメ、ど真ん中！
SQ EX ノベル 毎月7日発売
SQEXノベル
万能「村づくり」チートでお手軽スローライフ
〜村ですが何か?〜
著者：九頭七尾
イラスト：イセ川ヤスタカ
私、能力は平均値でって言ったよね！
著者：FUNA イラスト：亜方逸樹
片田舎のおっさん、剣聖になる
〜ただの田舎の剣術師範だったのに、大成した弟子たちが俺を放ってくれない件〜
著者：佐賀崎しげる
イラスト：鍋島テツヒロ
悪役令嬢は溺愛ルートに入りました!?
著者：十夜 イラスト：宵マチ
逃がした魚は大きかったが釣りあげた魚が大きすぎた件
著者：ももよ万葉
イラスト：三登いつき
●誤解された『身代わりの魔女』は、国王から最初の恋と最後の恋を捧げられる
●転生したら最強種たちが住まう島でした。この島でスローライフを楽しみます
●転生幼女は前世で助けた精霊たちに懐かれる 他

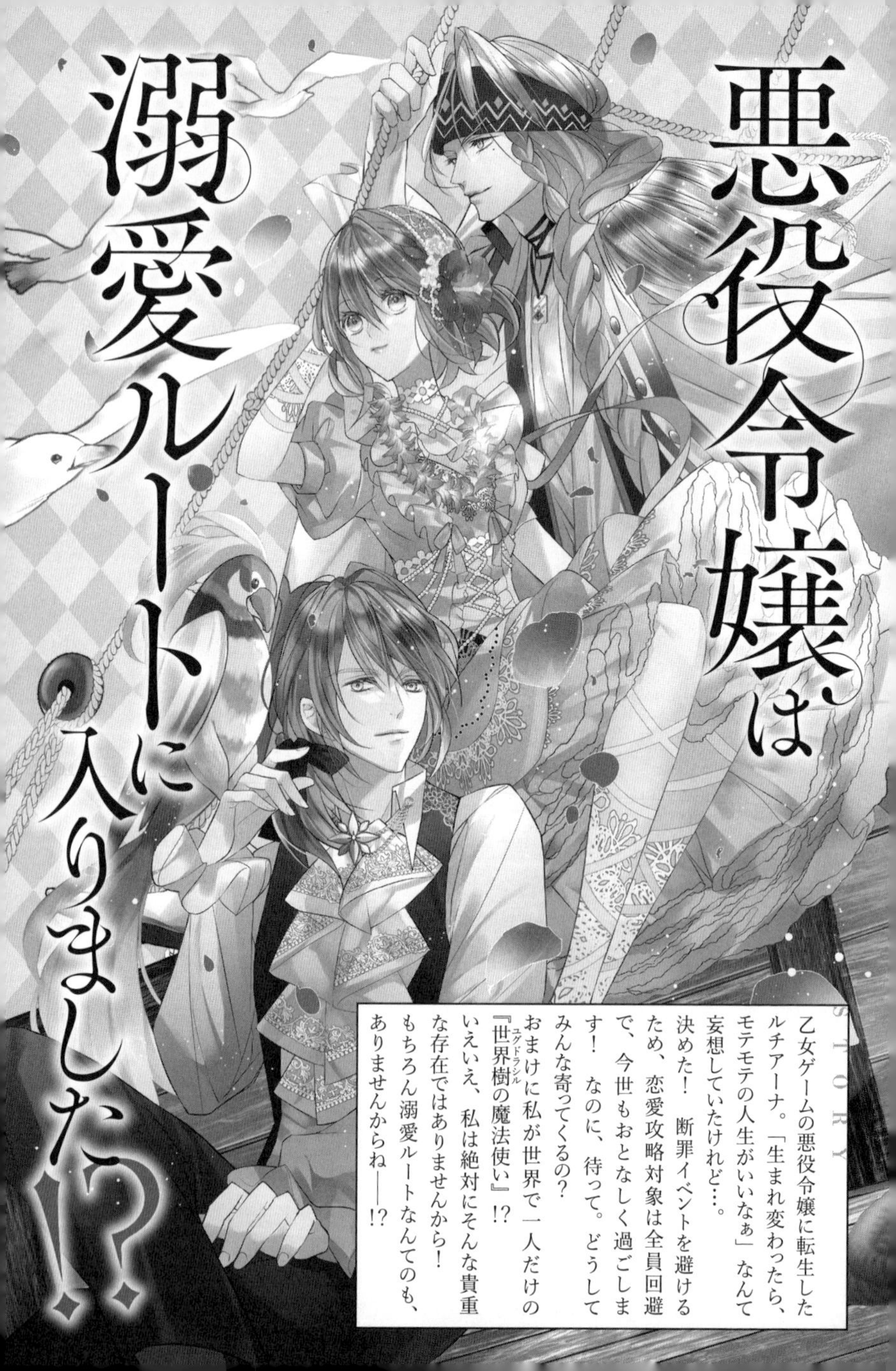

悪役令嬢は
溺愛ルートに入りました!?

STORY
乙女ゲームの悪役令嬢に転生したルチアーナ。「生まれ変わったら、モテモテの人生がいいなぁ」なんて妄想していたけれど…。

決めた！　断罪イベントを避けるため、恋愛攻略対象は全員回避で、今世もおとなしく過ごします！　なのに、待って。どうしてみんな寄ってくるの？

おまけに私が世界で一人だけの『世界樹《ユグドラシル》の魔法使い』!?

いえいえ、私は絶対にそんな貴重な存在ではありませんから！

もちろん溺愛ルートなんてのも、ありませんからね——!?

SQEXノベル

肉と酒を好む英雄は、娶らされた姫に触れられない。

著者
鯵御膳
イラストレーター
坂本あきら

2023年12月7日　初版発行

発行人
松浦克義

発行所
株式会社スクウェア・エニックス
〒160−8430
東京都新宿区新宿6−27−30　新宿イーストサイドスクエア
（お問い合わせ）スクウェア・エニックス　サポートセンター
https://sqex.to/PUB

印刷所
図書印刷株式会社

担当編集
長塚宏子

装幀
たにごめかぶと（ムシカゴグラフィクス）

ISBN978-4-7575-8953-7 C0093　　Printed in Japan